田島一
Hajime Tajima

争議生活者

sogiseikatsusha

『時の行路』完結編

新日本出版社

目次

『時の行路』あらすじ

トラックの生産で知られた大手メーカー三ツ星自動車は二〇〇八年末、リーマン・ショックに端を発した生産減少を理由に、千四百人の非正規雇用労働者を中途解雇し寒空の下に放り出す。一方、生活の糧をいきなり奪う仕打ちに泣き寝入りしない期間社員・派遣社員らは、自分たちの労働組合を結成して立ち上がる。

青森県の八戸でリストラに遭い、妻や子どもと離れて、北関東の三ツ星の工場で働き仕送りを続けていた、四十八歳の派遣社員の五味洋介は、労働組合に加入し十二人の仲間とともに、裁判を起こしてたたかうことを決意する。

当初、「仮処分」で勝利した洋介らは、財界と政権が一体となった巻き返し攻勢にさらされ、地裁で敗訴する。その後、舞台は高裁に移り、法廷での不公正な指揮に対し「裁判官忌避」を申し立て、一年を経てまもなく審理が再開されようとしていた。

身勝手な三ツ星と企業擁護の裁判所に翻弄されながらも、争議団の中心メンバーとして多忙な毎日を送っていた洋介は、ある日突然、乳癌で闘病中の妻が倒れたとの知らせを受け、郷里に向かう。洋介、妻の夏美、そして息子、娘らは……。

第一章　妻を見舞う

（一）

　事前に知らせておいた見舞いの時刻より四十分ほど早めに病院に着いた五味洋介《ごみようすけ》は、一階の受付近くの待合室の端の椅子に座り、落ちつかない気分でいた。

　メガネをそっと外して布で拭いた後、洋介は、手持無沙汰《てもちぶさた》の時間を持て余し、左側の窓の外に定まらない視線を移した。

　十月の下旬に入っても昨日まで暑い日が続いていたのに、今朝は、北日本でこの秋一番の冷え込みとなったそうだ。青森と盛岡で初霜と初氷を観測したというから、まもなく冬の到来である。窓越しに映るどんよりとした曇り空は、北関東のT県を出発した時と同じで、東北新幹線の古橋駅に着いても変わりがなかった。

　駅からタクシーを五分ばかり走らせてやってきた、この宮城古橋慈泉病院の三階の病室に、妻の夏美が臥《ふ》しているのだった。

――もしかして、夏美は年を越せないのだろうか。

秋が行って冬の気配が迫りつつある庭の景観に目をやっていて、ふいに不吉な予感にとらわれた洋介は、慌ててそんな思いを打ち消した。けれども、色づいた樹々のもとに群生し、やがて枯れゆくススキの穂の風になびくさまが、洋介の気分をいっそう重いものにしていた。季節の移ろいがあるように、人はいつか必ず死を迎える。それが今の夏美に避けられない巡り合わせだとすると、これから会うのが恐ろしい気がしてきたのだった。

よくないことばかりを考えてしまう気分を転換させようと、院内の大型テレビの画面に目を向けると、ワイドショー番組は、「政治とカネ」をめぐる疑惑で追及を受けていた小渕優子経産相と松島みどり法相が、先日そろって閣僚を辞任した異例の事態について報じていた。当人たちはあっけらかんとしているようだし、政権運営への影響で首を挿《す》げ替えただけなのだろう。うわべのみで本質に突っ込むことのない報道姿勢を苦々しく思いながら、洋介は画面から離れて、静かに目を瞑《つぶ》った。

青森県の八戸で娘や息子たちと暮らす、洋介の妻の夏美は、今から二年前、二〇一二年の一月に乳癌《にゅうがん》の宣告を受けた。なんとなく胸のしこりを感じる自覚症状があり、検査をしたところ判明した。進行状態はステージⅡという診断で、〈抗癌剤の投与や薬による治療で、様子を見ながら治していきましょう〉というのが当初の医師の方針であった。

〈わたしたち、なんでこんなに不幸が続くの。何も悪いことしてないのにね〉

と、検査の結果を知らせてきた夏美の電話口でのため息まじりのつぶやきを、洋介はただ黙って聞くしかなかった。世間的に言えば自分は、甲斐性《かいしょう》のない亭主の身なので無理もない。不幸が続くというのも、その通りだった。

以前洋介は、紳士靴・婦人靴から玩具や子ども用品なども扱うチェーン店を運営する「ミツダ」という会社で働いていた。東京証券取引所一部上場企業で、資本金は六十億を超え、日本で最大級の靴専門店だった。ここでエリアマネージャーも務めていたのだがリストラで職を失った。その後、独立して自営業という形で同じ販売の仕事を続けて失敗し、借金だけを抱える身となった。それからは家も手放し、自己破産に形式上の離婚というコースをやむなくたどってきたのだ。

青森にはこれといった働き口がなかったために、九年前の二〇〇五年に洋介は、トラックやエンジンの製造で知られ、T県と南関東のK県に二つの大きな工場を持つ、三ツ星という自動車会社の派遣社員として働くことを選択した。家族と離れて単身、T県にやってきて会社の寮に入ったのは四十五歳のときだった。

営業マンが一転して、エンジン本体部分の機械加工をする自動機の仕事に就いたのだから、苦労は多かった。しかし真面目に働いていれば、家族に毎月十五万円の額を仕送りできるほどの収入も得られて、三年近くは順調に過ごしてきたのだった。それが、あの悪夢のような二〇〇八年秋のリーマン・ショックに端を発した減産を理由に、会社から首を切られてしまい、再び夏美の言うように不幸がつづくことになったのである。洋介に何の落ち度があったわけでもない。ただ、「派遣社員」だったというのが追い出された理由であった。

それからというものは、洋介自身の心臓の病、娘の綾香の胸の腫瘍《しゅよう》摘出、そして今度は夏美の乳癌と、これでもかと言わんばかりの負の連鎖に見舞われる。もっとも綾香の腫瘍は良性だったため以後の経過も順調で事なきを得たのだが、こうした不幸のうちで何より一家にとって痛手だったのは、自分が巷《ちまた》に放り出され無収入の身になったことである。やがて洋介は、三ツ星の理不尽な解雇を受け容れず、労働組合に入ってたたかうという、四十八年の人生で初めての決断をすることになるのだったが、これには夏美も仰天した。

以後、争議の積極的応援はしなかったけれど、夏美は洋介の真剣さを知り、〈やめて〉とは言わなくなった。けれども、早く争議を解決して働いて欲しい夏美の胸の内は、痛いほど洋介には分かっていた。争議に入って、長期戦はある程度覚悟していたものの、大会社の三ツ星を相手にたたかう道筋はそう平坦ではなく、解雇された翌年の四月に、二つの工場で働いていた十二人の期間・派遣社員とともに、「地位確認・賃金支払い・損害賠償」を求めて首都のT地裁に提訴してから、すでに五年半も経過しているのだった。

これまでの人生からして、己がツキの無い男という自覚はあったけれど、不幸が夏美にまで及んだのはショックだった。

夏美の癌は、当初、そう深刻でないものと洋介は認識していた。ホームセンターの店員の仕事を続けながら、抗癌剤治療を受けるという闘病生活で何とかなると思っていたのだが、現実は甘くなかった。結局は宣告の一カ月半後に手術を余儀なくされることとなり、そのとき洋介は二泊三日の日程で八戸に帰り、術後を見守った。

手術といってもそれは、癌の部分的切除をおこなう程度のものだった。表面の傷も僅かしか残らず、〈形はきちんとしてるよ〉と、後に夏美はメールで知らせてくるほどであった。髪の毛は抜け落ちたけれどかつらを被り、仕事にも出られるようになったと喜んでいたのである。癌は治癒したわけではなく以後も治療は続くのだが、「抗癌剤の注射はきつい」と洩らしはしても、本来の明るさを取り戻してきたようで、安心していた。

こうした夏美の病状の一方で、洋介の心配は治療費のことだった。非正規の社員という彼女の仕事の収入では知れており、親や兄姉や親類の援助に頼るしかなかった。三ツ星を追い出されて以後、洋介は、心臓の異変を起こし、心房細動《しんぼうさいどう》という診断を受けていた。心房細動とは、心房がいわばけいれんするように小刻みに震えて、規則正しい収縮ができなくなり、心臓内の血液の流れがよどむという病気だった。このためアルバイトで働くこともできず、生活保護に頼る身になってしまった。

住居費の扶助を除いて、月に六万八千円の生活保護費で暮らしている洋介には、八戸への帰省の際の旅費もなく、組合や支援者の人たちのカンパで辛うじて行けたというのが実態であった。このように自分が、金銭的には何の力にもならないことから、夏美はゆっくりと治療に専念するのではなく、勤め先の理解を得て働き続ける毎日だったのだ。

そんな折に突然、夏美が職場で倒れたという知らせが飛び込んできた。先月のはじめだった。本人は倒れたときの記憶はまったくなく、救急車で運ばれた病院のベッドで気づいたという。頭が割れるように痛いということで精密検査を受けるが、結果は、脳の「手術のできない場所」への転移で、最も症状の重いステージⅣという酷な告知であった。

八戸の病院が下した結論は、ガンマナイフと呼ばれる「定位的放射線治療装置」によって、腫瘍部分に放射線を集中的に照射する治療だった。だが装置は、東北では宮城県のこの病院にしかなく、夏美は、八戸の病院に入院しながら、ガンマナイフ治療のために宮城の病院に通うというスケジュールとなっていたのだ。

現在の夏美の症状について娘の綾香は、

〈記憶が時々飛んでね、夢遊病のようになったりすることがあるの。だから、外出も一人ではできないのよ〉

と容易でない状況にあることを知らせてきた。

綾香には勤めがあるし、下の息子は高校生で母親の面倒は見られない。市内に住んでいる、義姉の光江の世話で何とか毎日を過ごしているのが実状のようだった。

ガンマナイフの治療は、基本的に二泊三日のコースでおこなわれるという。ここには光江が付き添ってきているので、予《あらかじ》め夏美に訪れる時刻をメールしていた。だが、

〈メールを見ることはできても、自分で打つのは駄目だし、それにチェックなんてしないよ〉

と綾香に言われてしまった。それで洋介は、念の為、綾香を経由して、光江にも連絡しておいたのだった。夏美は一昨日から治療を受けているので、洋介は、終了する今夕に一緒に八戸に帰るつもりでいた。

今回、こうして病院を見舞い郷里に帰省するのも、自分の力ではなかった。日本国民救援会という、「弾圧事件・冤罪《えんざい》事件・国や企業の不正に立ち向かう人々など、全国で１００を超える事件を

支援している」団体の八戸支部の人たちが、三ツ星の争議を激励するために「招待」してくれることにより可能になったものだった。

実は、自分らのたたかいをモデルにした『時の行跡』という小説が、田山二郎という作家の筆で書かれ、「しんぶん赤旗」に二度にわたって連載された。その続編がこの五月に完結し、八月に単行本として出版されていた。小説には自分や争議団の仲間の多くがモデルとなり登場しているのだが、先だって、小説の挿絵を描いた画家、中谷繁の連載原画展が東京の銀座で開かれ、同様の展示会を八戸でも開催することになったのである。

イベントを企画したのは、国民救援会八戸支部の責任者の阿藤忠之だった。夏美の手術で帰省した際に、洋介が事務所に支援の要請に訪ねて以来の知り合いの阿藤は、小説の主人公のモデルとなった洋介が八戸の人間だから、新聞連載の原画を現地の人々に見せて支援したいという有難い計画を実現してくれたのだ。銀座での原画展の際に阿藤は八戸から足を運び、中谷と話を付けたらしかった。それで急遽《きゆうきよ》、八戸の開催と合わせて洋介の招待が決まったことで、思いがけず、二泊三日の旅程で、夏美を見舞えることになったのだった。

そうしたいきさつで病院にやってきて、ここからは付き添っている義姉の光江と行動を共にしなければならなかった。夏美に会うのは二年ぶりだし、早く病状を訊きたいのはやまやまなのだが同時に、洋介が重い気分にさせられる理由として光江の存在があった。

表向きには現在、洋介と夏美は他人の関係である。いまは借金の返済も終えているし、ずっと一家に仕送りもして親の務めを果たしてきているので、人に後ろ指をさされるようなことは何もない。しかし離婚後一家は、夏美の両親と同居することにより何とか生きながらえることが出来たのは事実であった。それに夏美は、三人兄妹の末子で、兄が県外に出ていたこともあり、一番年上の光江には何から何まで厄介になっていたのだった。三人のうちでも光江は特に成績優秀だったらしく、漁協の職員として勤めていて職場結婚をした。近ごろは主婦業に専念していて、漁協の幹部で街の有力者でもある夫のために多忙と聞いていた。

三ツ星に来てしっかり働き、収入の安定を得るようになってからは、駄目亭主の自分に向けられる光江の眼差しも柔らかなものになっていた。だが、洋介が解雇され争議をしていることを知って、光江は、〈よくそんなことが……〉と、夏美の前でなじったと耳にしていた。

保育士を目指していた長男が、学費が続かず大学を退《や》めざるを得なくなった際にも、光江夫婦は援助してくれる人を探し、ぎりぎりまで奔走したそうだ。解雇されて以後は会っていないが、亭主として存在感のない自分に、光江はどう向かって来るだろうか。そのことへの不安が洋介の胸には少なからずあった。物静かで、夏美も頼りにしている聡明な人なので、それだけに恐ろしい義姉なのだった。

あれこれと考え事をしながら座っていた待合室の席を立ち、窓辺に近づき往ったり来たりして、所在なく庭の景色に触れていると、約束の時刻に近くなっていた。病室は三階の南側の棟だと聞いていた。洋介は覚悟を決めてエレベーターの前に立ち、昇りの釦《ボタン》を押した。

（二）

三階に着いた洋介は、受付で渡された面会者のバッジを胸に付けてナースステーションを訪ね、教えられた部屋番号を探して病棟のリノリウムの廊下を歩いていた。一番奥の左側に夏美の部屋はあった。離婚後は旧姓に戻っている高畑夏美という名を入口で確かめて、中に入ろうとしたそのとき、ちょうど病室から出てきた女性と出くわす格好になった。

「あ、洋介さん」

久しぶりに聞く、やや高めの光江の声だった。咄嗟《とっさ》のことで焦った洋介は、まず礼を言わなければと言葉を探して戸惑っていた。老親に代わって高畑の家を仕切る光江にとって、妹のずっと昔に別れた亭主の存在でしかない自分が、〈お世話になります〉と口にするのもなんとなく憚《はばか》られて口ごもっていたのだった。

光江は、洋介の上から下までを吟味するような目を向けた後、スライド式の病室のドアを開けた。自分の身につけたコートに上着とズボンも、着古したものでしかなかった。洋介は、たちまち威圧されたような気分になり、黙って室に入った。すぐ左側が夏美のベッドで、四人部屋の患者は、斜向かいの奥に一人だけいるようだった。光江は、仕切られたクリーム色のカーテンを静かに引くと、折りたたみ椅子を広げて無言で洋介に勧めた。

ベッドの夏美の脇に二人は座り、カーテン一枚だけで囲まれた空間で話し合う格好になった。洋介は恐る恐るベッドの夏美に視線を移した。以前に比べ、顔はほっそりとしていて青白かった。が、それだけにもともと大きかった目がくっきりと浮かび、短くカットした髪のせいもあってか、若く見えるのは妙だった。おでこの部分には白い絆創膏《ばんそうこう》が残っていた。注意して周辺を眺めてみると、ベッドで点滴をしていた様子もないし、そっと返された久しぶりの笑顔に、洋介はやや安心した。

洋介を見て、起き上がろうとした夏美に、光江は、

「そのままでいなさい」

と声をかけた。麻痺《まひ》が残っているのか、夏美は身体を動かすのも大儀そうだった。洋介も慌てて、

「いいんだよ、寝てれば」

とつづける。

「今度はね、二回目の治療でしょ。短時間で終わって、腫瘍もほとんどなくなったんじゃないかって、先生、おっしゃってたわ。よかった」

夏美に代わって、光江が安堵《あんど》の表情で説明する。

「そうですか。ありがとうございます」

やっと洋介は、傍の光江に向かって頭を下げた。

「本当はね、治療を終えて今日帰る予定だったのだけど、先生のご都合で、明日ゆっくり結果の説明を聴くことになったの。だから、私たち明日帰るから」

一緒に八戸に向かうつもりでいたので、そういうことなら、自分もここに留まるべきか洋介は一瞬思案した。明日以後は八戸の人たちと約束したスケジュールが組み込まれているため、先方の了解を得ることを洋介は考えていた。

「あなた、予定があるんでしょ。いいわよ私たち」

突き放すような光江のひと言だったが、洋介は黙って首肯《うなず》いた。

すると光江は、この病院でどんな治療を施しているのかを、事細かに説明し始めた。

ここは、東北大学脳神経外科の関連病院として、大学と診察協力体制をとっているらしい。ガンマナイフ治療とはどんなものか、洋介は、インターネットで得られる程度の知識しかなかったので、神妙に光江の話に耳を傾けていた。

癌は、手術でその部分を切除しても、時間を経ると他に転移するらしい。癌が脳に転移すると、やがて、頭痛や吐き気に身体の麻痺などが起き、場所によって現れる症状も違うのだという。まだ四十八歳と若い夏美の身体に、癌細胞はしぶとく増殖していったということだろうか。

脳にできた腫瘍を正確に狙い撃ちする、ガンマナイフ治療においては、ターゲットの位置がどこかを示す正確な「地図」が必要なのだそうだ。そのため治療前に、頭部造影ＣＴやＭＲＩなどによる診断画像で腫瘍の位置情報を得る。こうして作成された地図に基づき、コンピュータで制御される装置により、精度の高い放射線治療をおこなうのだという。照射の際には、頭蓋骨部をしっかり固定しておくことが必要で、夏美のおでこの絆創膏は、位置決め用の固定具のせいでできた、小さな傷に貼られたものらしかった。

「この治療にはね、健康保険が適用されるのよ。高額医療の対象なので、事前に限度額適用の認定を申請しておいたから、前回は十万円くらいだったかな。夏美の会社がね、『傷病休暇』の扱いにしてくれてるので助かるわ。ま、いまも六割のお給料が入るのはありがたいけど、何しろもともと安いからね」

同室の人を気にかけてか、光江は声を潜めて話し、治療費について触れるのを忘れなかった。

綾香からのメールで、費用のことなどは承知していたが、洋介は調子を合わせながら話を聞きベッドの端に目をやっていた。光江が、洋介を意識して言ったのかどうかは分からない。が、実際には、八戸からの付き添いの電車賃やタクシー代だけでなく、夏美の分までも光江が負担しているのだろうと思えた。

姉の言葉をどう聞いているのか、夏美は反応を示さず、時折り寝返りを打ちながら、天井の一角を見つめていた。

八戸ではかなりの規模のホームセンターの店員として勤めて十年近くになるはずだが、正社員でない夏美が、企業の健康保険に入っていて、休暇中に傷病手当が支給されるというのは助かることだった。いま一家の働き手は、二十四歳の長男の涼一と二つ年下の綾香しかいない。道路の舗装や改良・修繕などの付帯工事も引き受ける、福島県では大手の道路工事会社で、白線引きの仕事に就いている涼一だけは正社員だが給料は知れている。綾香は八戸にある全国チェーンの電器店で働き、やはり正社員ではなかった。兄と妹が家計を助け、二男の健太を何とか地元の水産高校に入れるというのが夏美の希望で、かなりの無理をして頑張っている矢先に倒れたという事実が洋介の胸を締め付けた。

　何の力にもなれない自分が情けなく思えるが、洋介の症状は現在悪い方向に進んでいて、放置すると心不全や脳梗塞の恐れがあると言われて薬の量が増えるばかりだった。夜中に動悸《どうき》で目覚め、不整脈の症状により不安な時を過ごすことも度々あった。

　以前、三ツ星にいたころは、一七三センチの身長に六七キロの体重で、メタボとは無縁で健康そのものだったのに、いまは偏った食事と不規則な生活が原因で、普通の人のように動けない身体になっている。生活扶助費で辛うじて日々をしのぎ、三ツ星とたたかっているのが自身の日常だった。ただ、生活保護受給の身で、医療費の扶助が受けられるというのはありがたかった。これがなければ自分は医者にかかることはできなかったし、とうの昔に人生の終局を迎えていただろう。

　一家の窮状がよく分かっていたので、洋介は漫然と過ごしていたわけではなかった。六万八千円という扶助費の中から、争議をやる身に欠かせない携帯電話料金や最低限の光熱費を支払うと幾ばくも残らなかったが、食費を切り詰め、毎月夏美の口座に一万二千円の送金を欠かしていない。

　夏美は、

〈そんなことしてると、あなたが死んじゃうから〉

と止めるように言ってきた。だが、たとい僅かでも自分が送金するというのが、家族へのせめてもの思いの証であり、洋介はずっと続けているのだった。

　争議中の身の自分は、「カネ」にかけては全くの無力だった。けれども娘が胸の腫瘍を摘出したとき、そして夏美の乳癌が発見されて八戸に帰った時など、洋介はいずれも仲間や支援者の人たちから心のこもったカンパを送られ、その都度助けられ危機を乗り越えてきた。

もちろんそれは、生活保護の受給者である自分に寄せられるのではなく、家族に宛てられたものだった。今回も急な事だったが、組合の仲間や支援団体の人たちが、夏美の病気への援助をうったえるカンパに取り組んでくれたおかげで、見舞金を携えての帰郷だった。

無意識なのかもしれないが、光江の口調からは、妹と別れた男はもう関係がないけれど、甥や姪の父親として、子どもたちへの義務だけは果たしなさいと暗に言われているように、洋介には感じ取れた。

――以前のように、毎月、十五万円を超える仕送りが出来ていたら……。

三ツ星で順調に働いていた当時は、復縁もありといった含みで接していた光江の態度の変わりように、洋介は複雑な気持ちでいた。金の切れ目が縁の切れ目とよく言われるが、義姉の立場からすれば、それは当然のことなのかも知れなかった。

話が途切れて、それぞれが黙りこんだとき、光江は腕時計に目をやり、

「そうだ、わたし、ちょっと売店に行ってくるね」

と口にすると、おもむろにカーテンを開けて表に出ていった。自分たちへの配慮なのか本当に用があったのか分からなかったけれど、今度は閉じられた空間で二人きりになった。

殺風景な、何もないベッドの周辺を見回していて洋介は、夏美に花を買ってくれば良かった、しまったと思った。

夏美は花が好きだった。独身時代のデートで、河原の土手を二人で歩いたときなど、いつのまに

か野の花を摘むのに夢中になっていた。自然に咲いている花だから根っこを残し、全部摘まないように注意するのだという。小さな花を手にするとティッシュペーパーに包み、それを大事にバッグに入れて持ち帰り、後で瓶に活けておくらしかった。

〈野草の花は強いから、家に帰ってね、茎の先を切り直して水に入れてやるとすぐ元気になるのよね〉

と、いたわるようにそっと花に話しかける。〈きらびやかなものより、気どらない花がよいの〉と夏美は言うのだった。

結婚して念願の一戸建て新居を設けたとき、夏美は、自分で材料を買ってきてウッドデッキを作りあげ、そこに鉢植えの花をいっぱい育て、楽しんでいた。やがて家を手放す破目に陥るのだが、手入れの行き届いた自作の花園を見つめて流した夏美の涙は、いまも痛く洋介の目に焼き付いている。

「気分はどう?」

そっと、洋介は話しかけた。

「ちょっと、頭が重い感じなの」

身体を洋介の方に向け、夏美は応えた。

「治療、たいへんだった?」

「べつに痛くもないし、だいじょうぶ。でもね、頭をがっしり固定されるのでちょっとつらかった」

口元に自然な笑みが浮かんでいた。

「そうか、よくがんばったな。腫瘍がなくなったっていうから、効果が大きかったんだ」

「倒れた時のこと何も覚えていないの。その後少しは、言葉が思い出せなくなってね。ろれつが回らなくなったし、よろよろとしか歩けなくて、バランスをとるために、片方の足を前に出そうとしてもできなかったりしてね。もう駄目かと思ったけど……」

苦しかったときを思い出したのだろう、夏美は眉根を寄せて、うったえるように、じっと洋介を見つめて言うのだった。

「でも二回目の治療で、うんと良くなったんだろう。腫瘍も消えたんだし、あと少しの辛抱だよ」

洋介は急に夏美がいとおしくなり、上掛け布団の下に手を伸ばし、右の手を静かに両の掌で包んだ。店員で力仕事もしてきた手は、決して柔らかくはなかったが、ほんのりとぬくもりが伝わってきて、洋介はひと安心した。

「手、冷たいね」

夏美が、そっと告げる。

洋介はあっと思った。心臓の病気のせいで、自分の手は血液の循環が極端に悪くなっている。冬場になると、両手の指先がしびれ、白くなっているのに驚くこともあった。血の流れが悪くて、体温の調節ができないためだと医者は教えてくれた。洋介がそのことを説明すると、夏美は黙って頷《うなず》いた。

「あなたの手、昔はあったかかったのに、心配ね。裁判、早く終わるといいのに……」

ぽつりと口にして夏美は、自分の左手を身体の上から伸ばして、洋介の手に重ねるように合わせてきた。

「おう、あったかいな」

手の感触を心地よく受け容れながら、洋介は、裁判のその後を夏美にどう説明しておこうかと思案していた。

三ツ星を相手にした「非正規切り」裁判は、現在、T高裁で一年近く停止していた。地裁で敗訴し、高裁に移ってから、三ツ星側に加担する裁判進行のあまりの酷さに、昨年十二月、民事訴訟において定められた「公平な裁判所による公正な審理を受ける権利」を行使して、「裁判官忌避」の申し立てをおこなったためである。高裁はそれを却下したが、今度は最高裁への特別抗告により、再び忌避の判断を求めて争っているのだった。

早く終わるというのは、もちろん勝利して終わる結果しかない。この申し立てに裁判所がどう反応するかで、勝敗は決まるのかもしれない。だが、これまでの五年半の経過を見た限りでは、自分たちは確実に不利な状況に追い込まれている。冷厳な事実と今後の見通しを率直に伝えるには、口ごもりがあった。

「だいじょうぶだ、そんなに長くかからないよ。もう少しだ」

洋介は、夏美に添えた手に、少し力を込めて言った。

「そう。身体のこと、気をつけてね」

あったかい夏美の手の反応に、洋介は、しばしの幸せな気分にひたっていた。

「そうだ、今度もね、みんなからお見舞いをいただいたんだ」

洋介は布団から手を出して、足元に置いた鞄《かばん》を引き寄せた。光江もいないので、丁度良かった。昨夜、東京の駅で、いまは南関東のK県に住んでいる、ＪＭＩＵ（全日本金属情報機器労働組合）三ツ星自動車支部の前書記長の星河孝史と待ち合わせて預かったものだった。鞄から取り出した熨《の》斗《し》袋は、厚く膨らんでいた。洋介の帰省に際して、夏美への緊急見舞いカンパということで、星河らが組合やＴ県、Ｋ県の支援団体、それに共産党関係の人たちにうったえて募ってくれたものだった。

厚い袋を手渡そうとすると、夏美は傾斜角度を変えられるベッドのスイッチを押して、起き上がってきた。洋介は袋を開けて夏美に見せた。お札と一緒に、寄せてくれた人の名前を列記した紙片が入っていた。金額総計はなんと、四十七万円とあった。これは洋介の帰省に間に合わせて集められた額で、見舞いの募金はまだ続いているとも聞かされていた。

使い古した万札に千円札も多く、急いで寄せられたことが窺《うかが》えた。自分たちのことを思って、組合の仲間、支援者や党の人たちが駆けずりまわってくれたのだ。決して裕福とはいえない人たちが、財布から、一枚、二枚、三枚と抜き出して、カンパ袋に入れる光景が洋介の脳裏を過《よぎ》った。

これは夏美に宛てられたものだからと、洋介は開けないでいた。いまはじめて中身を目にし、洋介は思わず胸を熱くしていた。有難かった。娘のとき、夏美の前の手術のとき、そして今回もまた、みんなに助けられたのである。嬉しかった。これだけあれば、治療や入院の費用などの当座をしのぐことができる。

熨斗袋から出して、ベッドの簡易テーブルの上に置いた見舞金に夏美はじっと目をやっていた。

「わたしたちのために、こんな大金を……」

潤んだ夏美の目が、洋介に向けられていた。

「ほんとうに、いただいていいの？」

「いいんだよ。皆さんの気持ちだ」

「三度目ね。優しい人が大勢いて、お父さんしあわせね」

目を輝かせて、夏美は言う。

「そうだよ。絶対に良くなるんだよ」

洋介は、夏美の背にそっと手を伸ばし、軽くさすってやった。

「ありがと、ありがとうね」

突然夏美は、洋介の前に向きを変えると身を寄せ、縋《すが》り付いてきた。肩を震わせてしがみつく夏美を、洋介はベッドの端に身体を移して座り、しっかり受けとめていた。痩せた身体が、死の恐怖に直面してきたこれまでを物語っていると思えて、洋介は切ない気持ちでいた。

奥のベッドの患者に気を遣い小声で話を続けていたのだが、洋介は、もうどうでもよい気になっていた。抱きしめていると、夏美の体温が伝わり、満ち足りていた新婚当時のことが想い出されてくるのだった。

かつて二人は、同じ会社で働いていた。新店舗立ち上げのときに指導に行った先に、入社間もない夏美がいたのだ。洋介は、澄んだ目の愛くるしい夏美を見初めて、夢中になり付き合いはじめた。二十七歳のときに自然に結婚を考え約束したのだが、このとき夏美の父親は猛烈に反対して許さなかった。

夏美がまだ十九歳で若いというのが大きな理由であったが、末娘を手離したくないのが本音だったのだろう。洋介は二人の結婚を認めてもらえるよう何度も漁師の父親のもとを訪ねた。けれども父親は頑固で、首を縦に振ってはくれなかった。

そうこうするうちに、夏美は家を出ることを決意し、二人は八戸近郊のアパートに居を構え一緒に住むようになった。やがて時間が経過して、許しも得られめでたしとなるのだが、事を決めるとすぐに実行する夏美の大胆さに洋介は驚いたものだった。

洋介が九年前、単身三ツ星で働くようになったときに、夏美はまだ三十七歳という若さだった。

会社の寮には同じような境遇の者がいて、

〈若いカミさんを置いてきて、心配ないかい?〉

とからかわれたものだった。

夏美を抱き、昔を振りかえってひと時のやすらぎを得ていると、洋介を見上げて、うったえるような眼差しがすぐ前にあった。

「わたしね、倒れたときは、もう駄目だと思ってたの。でも、ここに来て腫瘍取れたから、治るよね。きっと治るよね」

真剣な目の輝きから、夏美の強い意思が伝わり、洋介は治癒を確信していた。

「ああ治るさ」

「わたし、まだ死ねないよね」

洋介は、夏美と向き合い目を見つめ、涙で濡らした頬を、静かにハンカチで拭ってやった。

そのとき洋介は、ふとカーテンの外に人の気配を感じた。が、それは暫《しばら》く立ち止まっていて、遠ざかっていったようだった。

（三）

病院を後にして一時間後に、洋介は新青森行きの新幹線車中にいた。古橋駅から八戸までは一時間余りの行程になる。

車内は空いていた。病院での緊張感が取れて、洋介は座席に深く腰を下ろし、両足を伸ばしていた。最悪の事態も考慮していただけに、腫瘍が取れたという結果にホッとして、浮き浮きするような気分だった。

北へ進むにつれて、冬の訪れをいっそう感じさせる車外の景色に目を向けていた洋介は、コートのポケットから携帯電話機を取り出し、メールを打ち始めた。

夏美への見舞いカンパを呼びかけ募ってくれた星河孝史と、洋介の帰省中の要請行動を一手に引き受けてくれている、争議団の佐伯良典に様子を早く知らせておきたかったのだ。

洋介は、画面を見て入力を始めた。同一の文面で、二人に送ることにした。

〝いま、病院を出て八戸に向かっています。いろいろとありがとう。おかげさまでガンマナイフ治療の効果は大きく、脳の腫瘍も取れてきたそうです。カミさんとは普通に話をすることができました。見舞いのカンパですが、申し訳ないと涙を流して喜んでました。皆さんによろしくおっしゃってくださいとのことです。三日間休暇をいただきますが、帰ったらまたガンバリます。〟

入力した文章を確認して送信した後に、眠気を催した洋介が、車両に揺られてうとうとしていると、佐伯から早速返信が届いたようだった。

〝良かったね。腫瘍が取れて何よりだね。一日も早く、良くなることをねがってます。「争議生活者」も、たまには休みが必要だよね。ゆっくりしてきてください。

佐伯〟

佐伯らしく、あっさりしたものだったが、洋介は、「争議生活者」という文字を目にして、苦笑した。

――そうだ、俺たち、争議生活者だったんだな……。

久しぶりに佐伯が発した懐かしい言葉だった。洋介は再び文面を見、病気のせいもあって最近とみに腹が出てきて太り気味の佐伯の風貌を思い浮かべていた。

K県の海の近くにある、三ツ星のF工場で働いていた佐伯は、洋介と同じ派遣社員だった。郷里の北海道で失業して三ツ星にやってきたのだったが、解雇されて以後、持病の悪化で悩まされ、入退院を繰り返して、いまはやむを得ず生活保護に依拠する暮らしとなっていた。

佐伯は、日本共産党の志方和郎委員長が、三ツ星の「非正規切り」を衆議院の委員会で取り上げて追及する場を傍聴し、後に持たれた懇談の際に入党を勧められ即座に決断したと聞いていた。洋介が星河たちとの行き来もあって党の一員に加えてもらったのはずっと後のことだったから、全ての面で自分より先を行く男なのだ。

いまは争議団のなかで、日常的にオルグに出られるのは洋介と佐伯の二人しかいなくて、彼は「動ける」貴重な同志でもあった。

もう三年前のことになるが六月の暑い日に、洋介たちの労組も加入するナショナルセンターの本部事務所を佐伯と一緒に訪れた後、二人は、湯島聖堂近くのお茶の水公園でひと休みしながら、小林多喜二の文庫本を読んだ感想を話し合っていた。

実は、洋介らが立ち上がった二〇〇九年末の支援集会場で、弁護団長の角野耕一先生が、『蟹工船』という小説の文庫本を手に掲げ、

〈皆さん、この本は小林多喜二という作家が、八十年前に書いた『蟹工船』という小説です。読まれた方も多いと思いますが、ここにね、周旋屋に引っ張り回されて文無しになり、蟹工船に送られてきた若い漁夫のことが書かれています。つまり戦前の日本では、口入れ屋とか手配師とかいった労働市場の仲買人がいて、労働者供給事業が広く有料で営まれていたんですね。企業も都合がいいものだから、こういう連中を利用してたんですが、そこでは脅迫や監禁をともなった強制労働、奴

隷的な人身売買、賃金のピンハネに労働市場や争議への暴力団の介入などが広くおこなわれていたわけです……〉

と、なぜこの国の法律で派遣労働が禁止されてきたのか、歴史的な経緯にも触れて話してくれたのだ。

リーマン・ショック後に、格差と貧困という日本社会のひずみをメディアが追いかけたのをきっかけとして、昭和の初めの時代に労働者のための小説を書いて特高警察に追われ、七十六年前に二十九歳の若さで殺された、小林多喜二という作家の小説がブームとなって甦《よみがえ》っていた。角野先生の話を聞く少し前に洋介は読んでいたのだが、日本にもこういう人がいたのだと、『蟹工船』の文庫本に一緒に収録されていた、『党生活者』という作品からも強い印象を受けていたのだった。

佐伯は、かなりたってからその文庫本を読み終えたらしく、公園で『蟹工船』の話が出たとき、『党生活者』の方が面白かったと言った。

そして彼は、感想をひとしきり述べた後に、

〈俺たち、『争議生活者』だな〉

と、ぽつりと漏らしたのである。

〈党生活じゃなく、争議生活か。そうだな、そのとおりだな〉

洋介はそのとき、佐伯の比喩《ひゆ》が見事で、上手く言い表わしているのに感心した。

革命のために全てを捧げて生きるのが「党生活者」なら、争議に勝つために全力を注いで日々を過ごす自分たちは、現代の「争議生活者」ということになるのかもしれない。もちろん特高警察に

追われ、命を絶たれることのあった時代と今は異なるが、命を懸けてという点では共通するものがある。歴史上の人物の多喜二には悪いが、時には使わせてもらおうと洋介は考えたのだった。ユーモアに富んだ多喜二のことだから、

〈模倣もこの際認めよう。けど、ぼくの作品の名に恥じないよう、しっかりやってくれよな〉

と、背をポンと叩かれ、励まされたような気がして、洋介は少々得意になっていたのだった。

『党生活者』という作品は、小林多喜二が虐殺される前年の一九三二年に、本人が非合法活動に入り、特高警察に追われる日々のもとで書いたものらしい。それに、命がけで書いた作品が発表されたのは多喜二の死後で、題名を変えてということにも驚いてしまう。

戦争が始まってから六百人の臨時工を雇い、軍需生産をおこなってきた倉田工業という金属工場を舞台に、臨時工四百人の解雇方針が新たに進められる情勢下で、共産党細胞のたたかいを軸に小説は展開される。主人公の佐々木、それに須山、太田、女性の伊藤はいずれも他人の履歴書を持って入りこんだ臨時工である。侵略戦争の時代における軍需工場の労働者、非合法下の共産党のたたかい、そして家族の絆、愛情の問題などが重層的に描かれている作品に引き込まれ、夢中で読んだ洋介の記憶は鮮明だ。

佐伯は、この日本が戦争に突入して行った時代に、革命のために自身の二十四時間のすべてを投入する主人公に重ねて、自分たちは普通の生活者でなく、争議のために日々を生き抜く「争議生活者」だと言いたかったのだろう。争議団のなかで最年長の佐伯は、解雇された後に妻との離婚を余儀なくされ、その元妻がほどなく再婚したために、娘さんは新しい父親の元で暮らすという、自分

には想像もできないような重い現実を引きずっていた。

詳しいことをあまり語ろうとしないので、それ以上のことを洋介は知らなかった。が、彼の一家が、解雇によって破壊されたのは疑いようがない。佐伯は、そんな困苦にもめげず、このたたかいを「十年やる覚悟だ」と明言していた。地裁、高裁そして最高裁と、長い年月も辞さずに抗するという彼の構えが徹底しているのは、感覚的に分かるような気もしていたのだった。

公園で話し合ったときに洋介は、『党生活者』という作品を、佐伯の言うような角度から読んでいたわけではなかった。だが、彼の言葉に刺激を受けて再び読み直し、いろいろと感じさせられたことがあった。

作中で主人公は、

〝私達は退路というものを持っていない。私たちの全生涯はたゞ仕事にのみうずめられているのだ。それは合法的な生活をしているものとはちがう〟

と、自らの存在を客観的に見つめる。そして彼は、

〝私にはちょんびりもの個人生活も残らなくなった〟

と述懐するのだったが、佐伯がそこに自分らを重ねた心情は、〈なるほど〉と理解できるものだったのだ。

勝利の日まで、まさに後に引けない日常を過ごさなければならない「争議生活者」が、退路を持っていないのはその通りだった。そして、争議に勝つために、ありとあらゆることを為すのが自分たちに課せられた仕事であり、私的な生活がないというのも言えている。佐伯もそうだと思うが、

三ツ星を放り出されて以後洋介には、夏美と映画を見たり、家族で食事をするという場は一度も持てなかった。普通の人には当然あるだろうそうした時間も、我々に許されていないのは確かだった。

エンジンの製造ラインへの部品供給を担当する、物流関係の期間社員であった、三ツ星自動車支部の委員長の松橋浩二は、洋介より二つ年下で独身なのだが、彼には付き合っている女性がいた。結婚するつもりでいたのに、突然解雇されたことにより、ゴールインは遥か彼方に遠のいてしまった。いまは、医療関係の団体のパソコン作業のアルバイトで、毎月十万円を超す程度の収入で暮らしている。争議を終えるまでは、普通の仕事に従事はできない。

同じ期間社員で同年代の三留達男は、解雇されて以後も、これまで同様に会社の独身寮に留まり、権利を行使しつつ頑張っている。松橋と同じく、道路工事現場の交通整理や夜間のビル警備などのアルバイトで、しぶとく生きながらえているのだった。

普通の人なら、一日の労働を終えれば、後は誰に文句も言われない、自分や家族との個人的時間を持てるだろう。しかし「争議生活者」にはそもそも、「仕事を終える」という概念がない。自分や佐伯のように、生活保護の給付に頼らざるを得なかった者はともかくとして、松橋や三留たちは、争議生活者である限り、他によりよい働き口を求めて探すといった選択肢もない。よって、普通の人のような暮らしを願ってはならず、貧乏物語を地で行くことになる。晴れて三ツ星の工場の門を社員としてくぐるためには、こうした艱難辛苦《かんなんしんく》に耐え、いつでも工場に戻れる身でいなければならないのだ。

〈じゃあ、争議などしなければ良いではないか。解雇されたというのも運命なんだから、家族のために死ぬ気で職探しをしてなぜ働かないんだ〉

と、自分は、当初夏美のメールを介して義父から厳しく言われたものだった。学費が続かなくなり、涼一が大学を退めたとき、以前八戸で失業した際に一家が世話になった、イカ釣り船を所有する夏美の母親の弟である漁師の叔父から、

〈親父は何をしてるんだ、息子の学費を工面するために、死ぬ気で働くのが親だろう〉

と、言われたことも夏美から聞いた。洋介はこの叔父の船に乗って手伝い、仕事をさせてもらったことがあった。自民党の大物議員の後援会員であるこの叔父は、

〈何のためにやってるのか知らないけど、洋介に八戸に戻るように言え。ウチの船で漁をして働くんなら、涼ちゃんの面倒は俺が見てやるって……〉

と、気風のよい意思を、夏美を介して伝えてきたのだったが、もちろんこれは受け容れなかった。

夏美だって初めの頃は、三ツ星の横暴に怒りながらも、この叔父と本音は同じだったと思う。当時中途解雇された千四百人のうち十二人が組合に入り、争議の道を選択した。けれどもそれは実に、百人に一人の比率以下だから、叔父が言うように死ぬ気で働くのは当たり前だったのかもしれない。夏美はそのうち、洋介の本気度を知り、あれこれと言わなくなった。病身で生活扶助に頼らなければ生きていけない事態に、やむを得ないと達観したのかも知れなかった。

立ち上がった当初の洋介には、一生懸命三ツ星のために働いていたのに人間として扱われなかっ

たことへの怒り、一家の生活を守らなければという家族への思い、そして何とか三ツ星に一矢を報いなければという正義感に似た動機が支えになっていた。が、洋介はそのうち、自らが選んだ道は、この日本社会のあり方を問う、つまり格差と貧困の根本にある社会構造の矛盾に正面から挑むものであることに気づいたのだった。

〈お父さん、変わったね〉

と、夏美は言った。洋介はそのとき、

〈ああ、そうだよ〉

と、躊躇《ちゅうちょ》することなく応えていた。世間の一般的なことに全く無知な自分だったが、組合では自然に、法律や政治のこと、また社会の仕組みなども勉強するようになり、やはり変わったのだと思う。五十の手習いもないもんだが、学べば学ぶほど自らの行動の正しさが確信となって行き、あっというまに五年半が経っていたということになる。

この間には、幾つかの山があった。涼一が大学を退めたとき、娘の綾香が胸の腫瘍を取ったとき、そして夏美の乳癌が分かったときなど、真剣に夜逃げを考えたものだった。けれどもいまは、争議生活を捨てていれば、病気持ちの自分はどこかで野垂れ死にしていたかもしれないと思う。「争議生活者」を貫いてきたがゆえに、現在の自分があると、洋介は最近思うようになっていたのだ。オルグに行ったときなど、支援者の人から、

〈五味さん、長期間、ほんとうによくやれますね〉

と、ねぎらいの意味も込めた励ましを受けることが多くあった。洋介はそんなとき、

〈やあね、俺にはこれしかないんですよ〉

と、相手にはよく分からないような答えを返していた。自分らのたたかいはいつ終わるか知れないし、確実に勝てるという見込みもない。そして、たとい勝ったとしても金銭的対価がそう得られるはずもないたたかいを、なぜ続けられるのか。ほんとうのことは自分でも良く分かっていなかった。ただ、さっきの答えの後に、必ず付け加えたのは、

〈恥ずかしいことですが俺は一度大きな失敗をしてるんです。でもね、三ツ星に来て再チャレンジし、汗水たらして働いて仕送りができるようになり、やっと、家族と離れてはいたけど普通の暮らしを取り戻しつつあったんですよ。これがぶち壊されてしまったのは、俺が派遣だったからです。俺は言うんです。派遣だったからという、それだけの理由で、俺が手に入れようとしていた、ささやかな幸せを奪わないでくれと〉

というようなくだりだった。

偉そうに言ってしまったが、「争議生活者」は自分だけで存在出来ているのではない。これまで何度も危機に直面し、その都度、大勢のＪＭＩＵの仲間や支援者に助けられてきたから、「争議生活者」でありえたのだ。だから自分は、よそ見をすることなく、前へ前へと歩を進めて行かなければならないのだった。

「争議生活者」という言葉を佐伯が寄こしたメールで久しぶりに目にして、そのいきさつを懐かしく追っていた洋介は、返信モードの釦を押して、再びメール文の入力を始めた。

〝うれしい返信をありがとう。すみません、三日間だけ休暇をもらいます。
争議生活者より〟

念の為もう一度内容を確認して、洋介は送信釦を押した。車内放送が、五分後に八戸に着く旨を告げていた。二年ぶりに踏む、郷里の土だった。

(四)

東北新幹線の八戸駅から、JR八戸線に乗り継ぎ、二つ目が本八戸駅である。接続が良くなかったため、洋介はバスで街の中心地の本八戸に向かい、インターネットで予約した小さなビジネスホテルに着いた。

部屋のベッドで仰向けになり、洋介はひと休みすることにした。一家は夏美の両親宅に世話になっているので、自分の落ち着く場所は八戸にはなく、帰省の際はいつも安いホテルに泊まるのだった。今朝からの緊張感がとれて、やっとくつろいだ気分になっていた。もしやと思っていた夏美の様態が、快方に向かっていることに、洋介は何よりホッとしていたのだ。

明日は中谷の挿絵原画展会場に一日顔を出し、夜には国民救援会の人たちが激励会を開いてくれる予定となっていた。明後日の午前中に夏美の両親に挨拶《あいさつ》をして、綾香や二男の健太と会う。そして午後に、夏美が戻っている市民病院を訪ねて見舞い、夕方に八戸を発つというスケジュールを洋介は組んでいたのだった。

先ほど宮城の病院での別れ際、夏美は、義姉のいないのを見計らって、見舞金の入った熨斗袋から何枚かのお札を抜いて、そっと洋介の手に握らせた。

〈あ、いいから〉

と、咄嗟に返そうとしたのだが、

〈久しぶりでしょ、美味しいものでも食べたら〉

と、夏美はにっこりして囁《ささや》いたのだった。

体調がすぐれず、食欲もなく、ずっと病院暮らしなのに、細やかな気遣いをしているのがいじらしく思えた。その場で〈ありがと〉と受け取ることにしてポケットに突っ込んだのだが、後で確認すると、万札が三枚もあったのには驚いた。八戸には〈招待してもらっている〉と告げていたけれど、交通費やホテル代のことを彼女なりに心配したのだろう。それに、普段、ろくなものを食べていないことを知っているので、郷土の味に触れたらという配慮が嬉しかった。

そんなことを漠然と考えながら、洋介は少しの時間うとうととしていたようだった。ハッと気づいてベッドのデジタル時計に目をやるともう七時過ぎだった。空腹を感じたので、コンビニでおにぎりでも買って済ませるつもりだったが、洋介は、そこでふと思った。

――今日は、めでたい日だよな……。

夏美の病状の回復を確かめられたこともあり、浮いた気分になっている自分がいた。久方ぶりの八戸ということで血が騒いだのか、我慢できなくなるほど、一杯やりたくなっていたのだった。

東北で育ってきた自分は、生来お酒が好きだった。しかし普段、一人で飲み屋に入るという習慣は全くなかった。生活扶助に頼る争議生活者には、経済的・道義的にもそんなことは許されない。集会の後などでたまに支援者が誘ってくれるのに付いていき、そこでおごってもらうという程度なのだった。

洋介は、揺れる気持ちを振り切って、弁当を買いに行こうと立ち上がった。が、そのとき突然に、あの多喜二の小説、『党生活者』のラストに近い一場面が浮かんできたのだ。

作中、須山という労働者は、軍需生産をおこなう倉田工業の屋上で、「大量馘首絶対反対だ！」「ストライキで反対せ！」と大声を上げて、女性の同志伊藤が持ちこんだビラを撒く。これは見事に成功して、誰が首謀者かも分からぬままに六百人の従業員の手に渡り、須山は悠然と屋上から降りて行くのである。後日会議の場で、多くの労働者に守られて計画が遂行された結果を聞き、佐々木たちは、

〝「こういう時は俺だちだってビールの一本位は飲んだってい丶だろう！」と、三人でキリンを一本飲むことにした。〟

と、祝杯をあげるのである。

この印象的なシーンが洋介の脳裏に刻みこまれていた。

そうだ、今日は夏美にとって、脳の腫瘍が取れた記念の日だ。夏美は宮城にいるけれど、

――こういう時は、俺だってビールの一杯くらいは飲んだっていいよな。

と口の中で自身に問うた。そして、いつの間にか、西郷隆盛のような佐伯の姿が浮かんできて、

彼に語りかけていたのだ。すると、

——毎日頑張って来たんだから、今日くらいはいいだろう。行ってきなよ。

と、後押しするような彼の言葉が返ってきた気がして、洋介は心を決めた。

行先は、ここから歩いていける「みろく横丁」だった。

迷わずホテルから表に出ると、冷気がすっと身に伝わってきた。青森県の南東部で太平洋に面し、岩手の県北地域も含めた南部地方の中心として古くから栄えてきたのが八戸市である。漁業で全国有数の水揚げを誇る水産都市なのだが、工業面でも東北屈指の都市として知られている。

もうすぐ迎える八戸の冬は、どちらかといえば降雪が少なく、晴れの日が多いのが特徴だ。だが雪は少ないといっても気温は低く、風の冷たさは北関東の比ではない。冬場には、路面が凍って歩行や車の運転には特別注意が必要だ。北国らしく寒さは身に沁みるけれど、東北の各地と比べても日照時間は長い方だし、過ごしやすい地とはいえる。ただ、北関東の気候に九年も慣らされると、こちらで冬を越すのはかなり辛いかもな、などと洋介は考えながら、コートに身を包みひたすら「みろく横丁」を目指していた。

左右は八戸の中心街の通りなのに、シャッターの降りた店が目につく。人口はいまも二十万人は超えていると思うが、昔はこんなに寂しくなかった気がする。南部地方の中心とは言っても、やはり過疎化は避けられないのだろうか。自分が三ツ星に行ったのも、八戸近郊はおろか青森で働き口がなかったからである。

ホテルを出て十分近く歩いた洋介は、「みろく横丁」と記した五つの提灯が吊るされている門の前に立っていた。東京の街などとは異なる赤提灯街の雰囲気に懐かしさを覚え、洋介は少しばかり浮き浮きしていた。首を切られて以後、この門をくぐるのは、もちろん初めてだった。

「みろく横丁」という屋台村の名は、市の中心街に位置する三日町と六日町を貫く横丁であることから付けられたと聞いていた。この横丁には、通りに添って一坪ほどの広さの二十数店舗の固定屋台がひしめき、郷土料理や海鮮料理などで、それぞれ腕を競い合っているらしい。

漁をする港町として栄えてきた八戸では、古くから海を上がった男たち向けの店がにぎわい、横丁として発展してきたそうだ。ただ、みろく横丁は、二〇〇二年に東北新幹線の開業にともない誕生したもので新しい。

洋介が八戸に住んでいた頃は、地元の人はここには入らないという噂だった。観光客向けでやや料金の張る横丁よりは、安く飲める昔ながらの店の方が入りやすかったからだろう。しかし「みろく横丁」の屋台料理は、いまや全国に知られ、八戸のシンボル的存在になっているようだった。

北関東のT県に住みついた自分が、二年ぶりに八戸にやってきて、ここに足が向いたというのは、もう郷里の人間とは言えないからかもしれないなどと思いつつ、洋介は屋台の並ぶ街並みをきょろきょろと見ながら歩いていた。懐具合が心配だったが、夏美にもらったお金のことが頭に浮かび、やや気を大きくしていた。

今日のことだが、病院で元気な夏美を見るまで、洋介は、悪い方にばかり考えていた。というより、そう思わざるを得なかったのだ。夏美と直接のコミュニケーションは不可能になっていたし、娘たちからの知らせも、不安がつのるばかりの内容だった。告知後二年八カ月で脳に転移し、ステージⅣの症状を迎えたとなると、いかに能天気な自分でも、つい最悪の結果を考える方向に流されてしまっていたのである。雑誌やインターネット上の記事で、ステージⅣと診断されると、治療を始めた人のうち、五年後に生存している割合が三十数パーセントなどと書かれているのを見ると、穏やかな気分ではいられなかった。

自分が三ツ星とたたかう道を選択し、六年間もやってこられたのは、もちろん人としての尊厳を踏みにじられた怒りが根底にあったからだが、そもそもの動機は、夏美や家族の暮らしを守ることにあった。ここでもし夏美が居なくなるようなことがあれば、自分のたたかう理由が大本から崩れ去ってゆく。たとい八戸とT県と遠く離れて暮らしていても、そして倒れて以降、日常的な意思疎通ができなくなっていても、洋介の胸の内には絶えず夏美がいた。もし夏美がこの世にいないとなれば、自分には争議を続けていく意味がなくなってしまうのだ。

これまでたたかってきた仲間、面倒をみてくれたＪＭＩＵの役員たち、そして裁判の法廷に必ずかけつけ支援してくれた人々、家族の病でピンチになったとき、カンパを寄せてくれた大勢の人たちのことを思うと、今さら争議の離脱などできるものではない。しかし、もしもの事態を考えると、洋介は自分自身が怖ろしかった。

そんな恐れは絶えず付き纏《まと》ってはいたが、癌の治療は日進月歩である。現に、乳癌で完全治癒した人の話も耳にしていたし、病とたたかう夏美を支え、アクティブに向かって行くしかないと、病院で見舞って腹を固めた。だから、今夜は夏美の前祝いだと都合よく自身を納得させて洋介は、提灯と照明で明るく、四角い石の敷き詰められた路地のような通りを歩いていた。

真っ直ぐに進んだ突き当たりを境にして、この横丁は、それぞれ「おんで市」と「やぁんせ市」の名に分かれて呼ばれているらしい。二つがつながった「おんでやぁんせ」は、地元の言葉で「いらっしゃいませ」を意味する。固定式の屋台にはどこも提灯がぶら下がっていて、造りも昭和風を装っているのだろう。通りの途中に赤いダルマ型の懐かしい郵便ポストが立っていた。

ガラス越しにそれとなく屋台の中を覗いてみると、カウンターを囲んで八つほどの丸や四角の木製の椅子が並んでいて、どこも客はまばらという感じだった。

横丁を一往復してから洋介は、屋根の下が一面提灯で飾られた海鮮の店を選んで入った。「海の幸　大漁」と言う暖簾《のれん》が掛けられていて、元漁師がやっている店らしい。いかにも漁師のカミさん風といった女性が、「おんでやぁんせ」と迎えた。カウンターの隅に観光客らしい人が一人だけなので、周りを気にすることもなかった。

洋介は、生ビールにイカ焼きと鯖焼きを注文した。夏美を思い浮かべてひとり乾杯をし、洋介は出された料理を黙々と口にしていた。大きなイカが丸ごと炭火で焼かれた味は格別だった。柔らかくて甘味が感じられる、八戸独特のものといえる。おかみさんは、洋介に時々視線を向けているようだが、話しかけてはこなかった。二杯目の生ビールを追加注文して一気に呷《あお》ると、尿意を催したのでトイレに立つことにした。食い逃げを疑われるといけないので、その旨を告げ、カバンは椅子に置いたままであった。

店から少し歩いた「おんで市」と「やぁんせ市」の中間に共用のトイレが設けられている。洋介は「男」と書かれた、入口の紺色の暖簾を潜って中に入る。全体がレトロな雰囲気で、隣の車椅子用トイレは、ちゃんとバリアフリー化されているようだった。

用を足して表に出、周囲を見回して元来た方向を確認していると、すぐ後に出てきたらしい、頭が白くて長身のがっしりした風体の男が自分を見つめているのに気づいた。

「あ、おめぇ、洋介でねぇが？」

横から覗き込むようにして洋介を見て確かめると、男は移動して目の前に突っ立っていた。

「あっ」

思わず男の顔を正視した洋介は、瞬間、驚いて後ずさりしていた。

「なんだ、やっぱりそんだ。なんがむくんだように太ってるがらよ、よぐわがながっだども、おめぇなんでここさいるだべぁ」

なんと男は、夏美の母親の弟で、イカ釣り漁をする達吉叔父だったのだ。

解雇されて以後会っていないので、すぐには判らなかったのだが、大男の精悍《せいかん》な風貌は昔のままだった。歳は七十を越えているはずだ。

トイレの入り口の前の路上に立ったまま、二人は話をする格好になっていた。

「すみません、ごぶさたしていて。今日、夏美の見舞いで古橋の病院に行って、ちょっと用事があってこちらに来たんです。いろいろお世話になって、ありがとうございます」

洋介は頭を下げ、礼を述べた。が、ばつは悪かった。達吉は仕事柄ここによく出入りしているのだろうか。こんな出会いを考えもしていなかったので、迂闊《うかつ》だった。八戸に来て、一番会いたくない人と遭遇してしまったことになる。だが、いまとなっては逃げるわけにいかなかった。

「そうが、夏ちゃんどんだったぇ？」

ドスの利いた、低いよく通る声だった。

「はい、お蔭で腫瘍が取れたと聞きました。元気だったんで、ちょっとホッとしました」

「ホッとした？」

「手術のできないところが、ガンマナイフの効果で……」

洋介が説明しようとすると、途中で話をさえぎった、達吉の形相は険しく変化していた。洋介はしまったと思ったが遅かった。

「なにへってのさ。おめ、夏ちゃんがどったらに苦労してきたったが、分がってないんだべ。なにがホッとしただ。よぐそったらごど言えるな」

カッと開いた両の目が、鋭く洋介を睨《にら》んでいた。

「おめぇな、癌を早く治せながったの、夏ちゃんカネながったからだべ。無理せずにな、もっどはやぐ病院に行ってでら、倒れるなんでごどなさ。あんだはな東京でよ、好ぎなごどやって、家族を放り出して何の力にもなんながったべ。俺はな、なんでもっどはやぐ俺んとこさ来なかっだのか、つらいのに一生懸命働いでだ夏ちゃんが可哀想で見でられなさ。おめぇわがってるのが」

達吉は、今ではお年寄り以外あまり使わなくなっている、昔懐かしい八戸弁をまじえてまくしてた。察するに、治療を我慢していた夏美が倒れ、どうにもならなくなって、達吉叔父に援助を求めたことのようだが、洋介はそうしたいきさつについては聞いていなかった。

達吉は、連れとどこかで飲んでいたらしかった。が、そんなことに構わず、ここで遭ったのは百年目とばかりに、赤ら顔をいきりたたせて、なお迫ってくるのだった。

「あんだはな、夏ちゃんどは縁が切れてっからな。でもな、涼一や綾香と健太はおめぇの子どもだんべ。親父の責任はあるんだべ。家族さ、よぐ放り出して、裁判なんどやってられるな。いい歳こいで、そそのかされてのことだんべ。子どもらのな、何の力にもなんなくでよぐやてられるな。ここに来て、酒などよぐ飲んでられるな」

「……」

積もった怒りを吐き出すかのように、達吉は、叫んでいた。酒が入った勢いばかりとは思えなかった。一家はこの人に、何度もピンチを救ってもらっていた。イカ釣り船を所有しているし、財力は親類のなかで一番だった。自分もこの叔父の世話になり、失業後に船で働いたことがあった。男気と言おうか人望もあり、夏美が頼りにしていたのは事実だった。

いまや自分の名前は、インターネットで検索すれば容易に出てくる。そそのかされてと言ったのは、そうした自分の噂が流れているからだろう。達吉は、八戸が地盤の自民党の重鎮、大浜理則代議士の後援会の役員をしている、と聞いていた。

近くの屋台から、手拍子を合わせて唄う声が響いていた。昔耳にしたことのある、八戸の民謡のようだった。楽しげに伝わる透きとおった声の響きを、洋介は物悲しく耳にしていた。こうして達吉に言われてみると、その通りかもしれなかった。

達吉は、唄声に負けじとばかりに、なおも続けるのだった。

「爺さまもな、老いて来たから言えながんべ。俺がへってやろう。飲むカネがあるんだら、高畑の家さ入れろ。おめぇな、夏ちゃんは、具合が悪いのに健太の学費のこどもあるがら無理して働いたべぁ。俺が見舞いに行ってもせ、何もしゃべれね……。けど俺のこどわがったんだべぁ、手を合わせて拝むように見るんだ。もう不憫《ふびん》で、俺はな、もっとはやぐどぉにかしてやれでだらと、悔やまれるぞ……」

病床での夏美の様子を思い出したのか、達吉の声が急に途切れた。ポケットからティッシュペーパーを取り出して鼻をかんだとき、涙目になっているのが、暗がりでもはっきり洋介の目にとまった。荒っぽい気性は苦手だったが、根は優しい人なのだ。

「すみません……」

やっとひとこと口にして、洋介は頭を下げた。前を通り過ぎる人たちは、喧嘩でもしているのかと、好奇の目で二人を眺めていた。その視線が気になったのか達吉は、

「おめぇ、いまどぉやって食ってんだが。組合からカネもらってんだが」

と急に声をひそめて訊いた。

「いや、そういうことはありません。身体を悪くして、いまは生活保護に」

「生活保護？　それで裁判やってでるだが」

達吉は、驚いたように、洋介の顔をしげしげと見て黙り込んだ。そして、思い出したように腕の時計に目をやった。

「病気が……」

「はい。心臓の方がかなり」

「そうが、ま、身体だけぁ大事にするんだな」

小声で告げると、達吉は、ジャンパーのポケットに手を突っ込み、洋介が来たのと逆方向に歩き始めた。

やや猫背の達吉の後ろ姿に、洋介は深くお辞儀をし、暫くその場に立ち尽くしていた。

ほんの五分ちょっとのことだったろう。しかし洋介にはとてつもなく長い時間に感じられた。自分にも言いたいことはあった。が、達吉叔父に伝えても分かってはくれないだろう。八戸にいたなら、こうした親族のしがらみからは逃れられない。思えば、ひとりT県にいるから自分はたたかえたようなものだった。

やがて洋介は、石畳の路地をとぼとぼと歩いて店に戻った。ガラス戸をあけると、

「あらお客さん、どぉすたの」

と、おかみさんが訊いてくる。

ぼろいショルダーバッグを置いていただけなので、食い逃げと間違えられたのかも知れなかった。

「いやあ、トイレでね、偶然知ってる人に遭ったんですよ」

「お兄さん、八戸の人ですか。いや言葉が違うしね、地元じゃないとおもってだげど」

おかみさんは、愛想よく返す。

酔いが醒めた洋介は、早く、さっきの忌まわしさから逃れたかった。棚に目をやると、地酒の瓶が並んでいた。大吟醸の昔懐かしい銘柄があったのでそれを冷で頼んだ。

舌触りの良い、やや甘味の感じられる高級酒をゆっくり口に入れると、少し落ち着いてきた。すると、今しがた達吉の流した涙が妙に気になってきたのだった。

あのとき達吉は、

〈もっどはやぐどぉにかしてやれでだらと、悔やまれるぞ〉

と、たしかに言った。悔やまれるという言葉に、どうもひっかかりを覚えたのだ。

——もしかしたら、夏美は俺の知る以上に、危険なところにいるのだろうか。

本人には告げていなくても、光江や達吉たちは、夏美の正確な状態を主治医から聞かされ、知っているのかもしれない。古橋の病院で、光江も、脳への転移のことしか話さなかったし、夏美は自身の病状には一切触れなかった。

洋介は、急に不安に襲われていた。悪い方、悪い方へと考えてしまうと、その連鎖は止まらなかった。

——そんなはずはない、そんなはずはないんだ。

洋介は懸命に疑念を振り払っていた。

気づくと、前のグラスは空になっていた。洋介は、

「おかみさん、もう一杯ね」

と、勢いよく叫んだ。

（五）

　パッと目が覚めて洋介は、自分がベッドの上にいることを知った。シャツにズボンを身に着けたままで寝ていて、上着やコートは横の椅子に無造作に掛けられていた。時計を見ると、六時過ぎだった。ショルダーバッグは床に放り出されている。ああ、俺は八戸に来ているのだと分かっても、昨夜、みろく横丁で飲んでからの記憶が定かでなかった。なぜか偶然達吉叔父と出会い、説諭されたところまでは、はっきり覚えていた。が、その後、屋台に何時ころまで居て、このホテルにどうやって帰って来たのか、記憶がすっかり空白になっているのだった。

　時々吐き気が襲ってきて、頭が重く気分がすぐれなかった。店で、日本酒の後に焼酎のロックを口にしたような気もする。しばらくぶりに味わう二日酔いのパターンだった。

　今日は九時までに中谷繁の原画展会場である「八戸ポータルミュージアム」に行き、訪れる方々への挨拶などもする予定だった。遊びにやって来たのではないのだから、ちゃんと仕事をしなければならない。幸い会場はホテルから近い場所だった。洋介は風呂に入ることにして、ムックリと起き上がった。

　湯に入って身体を洗い、髭《ひげ》を剃って下着を取り換えると、やっと生きた心地がしてきた。朝食は頼んでいないので、パンを買ってくるつもりだったが、泥酔していたため何もなかった。洋介は急に気になって、上着の内ポケットから財布を引っ張り出した。中を確かめると、万札が一枚どうも足りない気がする。小銭入れを開けて記憶をたどっていると、九千数百円が一夜にして消えた勘定だった。

――ぼったくられたか。

と、後悔が走る。しかし、あの店のおかみさんはそんな感じの人ではなかった。一瞬、梯子をしたのかと考えてみたが、どうもそうでもないようだ。他に何を食ったか追いかけてみても、八戸名物のせんべい汁以外には思い出せなかった。

――失敗こいたな。これじゃ争議生活者も台無しだ。

洋介は自嘲気味につぶやいた。

こんな様子が、組合の髭の星河に知られると大目玉をくうことは確実だった。昨夜は、もっとも会いたくなかった達吉叔父と出くわし、最低だったと、洋介は浮かれてみろく横丁に行ったことを後悔していた。

水をがぶ飲みしてからホテルを出て、五分ほど歩くと地上五階建ての原画展会場、「八戸ポータルミュージアム」に着いた。ここは、あの3・11の大震災の一カ月前に開業した総合文化施設なのだが、洋介が入るのは初めてだった。市民や観光客の交流の拠点を設けることで、空洞化が進む八戸の中心市街地を活性化しようとして、このミュージアムは建設されたらしい。公募により、「はっち」という愛称で呼ばれているのは、いかにも八戸らしいと思えた。

ビルの外壁の一面に、朝顔の蔓が這って上に伸びていた。最盛期には、色とりどりの花と緑で、しゃれた感じになっているに違いない。

会館の中の「ギャラリー2」という展示場に着くと、準備はすっかり整っていて、中谷繁と今回の仕掛け人である、阿藤忠之の二人が談笑していた。室内の壁に添って置かれた白い長テーブルの上に、四十センチ角くらいの銀色の額縁に収めた、フルカラーの水彩画の挿絵が立てかけられ一面を飾っているのだった。

この挿絵原画展は、正式には、日本国民救援会八戸支部による「救援美術展」としての開催だと聞いていた。銀座の画廊での展示とはまた異なるが、このようにシンプルで落ち着いた雰囲気も悪くはないと洋介には思えた。部屋の真ん中に活けられた花は、地元の人たちの協力によるものなのだろう。当初、小説の作者、田山二郎も中谷と一緒に顔を見せる予定だったが、文学関係団体の業務の都合で急遽来られなくなったとのことだった。

「やあ五味さん、ご苦労さんです」

笑顔の阿藤が寄ってきて、握手で歓迎される。白髪の阿藤は、眼鏡の奥の眼差しが優しい。中谷と同じ昭和二十一年の生まれだと聞いていたので、歳は六十八になるのだろうか。

「ありがとうございます」

洋介は、頭を下げて応えた。

「奥さん、どぉだた?」

心配そうな表情で、阿藤は訊いた。二年前、支援者のカンパで帰省し夏美の手術を見守った後に、日本国民救援会の八戸支部をオルグに訪れた。このとき支部長の阿藤が応対してくれたのだが、洋介が八戸の出身だということもあって意気投合し、その後、さまざまな形で争議の支援に力を尽くしてもらっている。今度の原画展は、阿藤の熱心さが中谷を動かし実現したもので、とにかく面倒見の良い人だった。

阿藤は、八戸支部創立時からの日本国民救援会の会員だという。父親、兄弟が漁師だったこともあり、一九六〇年代後半頃から公害に反対する住民運動に参加しているらしい。かつて東京電力を相手に賃金差別でたたかった、八戸出身の人との交流もあったという。いまは仙台のHクリニックで起きた冤罪事件の支援で多忙とのことだった。タケノコ掘りなどをして資金をつくり、カンパ活動に取り組んでいるそうだ。

洋介は、この阿藤には夏美の病状も包み隠さず話していた。八戸の人なので、高畑の実家周辺のことなども良く知っていた。「市民病院に、見舞いに行きますよ」とも言ってくれていたのだが、人見知りする夏美が好まないこともあって、それは断わっていたのだった。

「どうなるかと思ってたんですが、脳の腫瘍は取れたようなんです。もう無くなったと聞かされました」

「ほう、そりゃ良かった」

傍に立つ中谷も、気がかりの様子で視線を向けている。

洋介は、病院での状況をかいつまんで話した。時に土地の言葉もまじえていろいろ訊ねてくる阿藤に接していると、親近感というかずっと以前からの知り合いに、カミさんのことを語るような気安さがあった。彼と話していると、自然に自分も八戸の人間に戻ったような気になるのだった。

夜には、「五味洋介氏支援集会・画家中谷繁氏交流会」を開催するということで、阿藤は、大勢に参加呼びかけをしたと聞いていた。争議生活者となってからは、多くの人々の温かさに触れて頑張ってこられたが、地元でこうして歓迎されるのは、何より嬉しいことだった。

原画展開場の時刻になると、かなりの人が入ってきた。救援会関係者や、「しんぶん赤旗」での連載を読んだ人たちなのだろうか。

テーブルには、小説『時の行跡』の正・続の単行本に、中谷が発行した挿画集などが積まれていて販売している。机上に広げられた新聞連載の切り抜きと照らし合わせて、原画に見入る人もいた。新聞紙面のモノクロの小さな挿絵の原画が、額装されたカラーの水彩画であることに、みな少なからず驚いているようだった。

中谷は、来場者に対し、絵と小説の両方について、ていねいな口調で説明している。

出番はなさそうなので、入口で室内に目を向けながら突っ立っていると、先ほどまで中谷と熱心に話し込んでいた婦人が、近くに寄って来てじっと自分に目を向けているのに気づいた。

いま買ったのだろう、婦人の手提げ袋には、『時の行跡』の単行本と挿画集が覗いていた。

「あのう、あなたが小説の人ですか?」

と、突然訊ねられる。

六十代後半くらいかと思えるが、髪を柔らかな茶色に染めている、細面の上品な感じの人だった。

「あ、はい。一応……」

「そうでしたか。わたし、絵を習ってるんですが、中谷先生のことは美術雑誌で見て存じ上げてましてね。今日はお目にかかれて良かったです。先生から伺いました。わたし、小説読ませていただきます」

「あ、そうですか。ありがとうございます」

丁重な婦人の言葉に、洋介は慌てて姿勢を整え礼を述べた。

銀座の画廊で開かれた個展に行ったとき、三十万も四十万円もする中谷の油絵に、何枚も売約済みの赤いシールが貼られているのに驚いたことがある。自分らは、〈中谷さん〉などと気安く声をかけているが、その筋ではこんなに著名な先生なのかと思う。以前中谷は、挿画の原画展の販売益の中から、八十万円近くも組合にカンパを寄せているのだった。こういう人に自分らは応援してもらっているのだと、洋介はあらためて有難さを痛感した。

「三ツ星を相手に、裁判なさってるんですよね、地裁では負けたとか？」

「はい。残念ながら不当判決で、いま高裁で争ってます」

「今度はだいじょうぶなんですか？」

小柄な婦人は、洋介を見上げるようにして訊いた。一般的な状況を訊ねてくる人はいるが、裁判ということで具体的に聞かれるのは珍しかった。

「はい。いま裁判所が公正な審理をしないものですから、裁判官忌避というのを突きつけましてね、ストップしてるんです」

「裁判官忌避？」

婦人は首をかしげた。洋介はその様子を見て、どう上手く説明できるか言葉を探していた。この

「裁判官忌避」という意味は、一般の人にはなかなか理解できないのだろう。

　昨年十二月半ばに洋介らは、組合側が主張した、三ツ星の社長と本社総務部長の証人尋問を認めずに結審を宣言するという、裁判長の異常な訴訟指揮に対して、「裁判官忌避」を申し立て裁判官の退場を求めた。これにより裁判は、十カ月にわたって停止状態にあるのだった。

　三ツ星は、二〇〇九年四月の時点で、右肩上がりの景気回復を予測していたにもかかわらず、こうした判断をＪＭＩＵ労組に隠し、就労を求めていた自分たち組合員を雇い止めにした。当時、近い時期における業績回復の予測を発表していた社長記者会見の内容だと、三ツ星は、経営の危機を理由に松橋ら期間社員の雇い止めを強行できなかったのである。

　ところがＴ地裁は、〈実務の世界ではこのような認識はございませんでした〉と、社長の見解を否定した生産・販売を管理する本社部長の証言を根拠に三ツ星を勝たせた。公式の場での社長の発言を、取締役でもない一部長がひっくり返すなどということは、普通ありえない。

　だから高裁では、トップの社長を証言席に呼び、〈事実を明らかにしようじゃないか〉、というのが当方の主張だった。三ツ星の「権利濫用と労組への信義則違反」などの法廷での解明が、逆転勝利のために必要として、弁護団は書面や法廷で緻密な論陣を張り、攻防は繰り広げられていたのだ。

　だが裁判長は当方の言い分を受け容れず、突如、次回での結審を宣言したのである。そこには、事実関係を明らかにせず、意図的な判決を導き出そうとする裁判所の露骨な姿勢が見て取れた。その日閉廷後の報告集会で、弁護団長の角野先生が、

〈皆さんね、裁判所は財界や時の政府の意向を、世間の風向きだと思っているんです。本音では、非正規労働者を差別して良いと、そのことを前提に考えてるんでしょう。そこをどう突破していくかの勝負なんです。いま日本社会はどうなってます？　格差と貧困が加速度的に拡大し、とんでもない状況が進んでいるでしょ。裁判でたたかっても勝てない結果がまかり通ると、それはもう暗黒の時代になってしまいます。三ツ星の裁判はそこを背負っているんです。三ツ星のたたかいを通して、こんな社会を変えていかなければと、私は重大な決意をしています〉

と述べたのを洋介は、はっきり覚えていた。

先生の発言は、厚生労働省が当時、「労働政策審議会」の部会に示していた、派遣労働を根本から見直す大改悪案を意識してのことだと洋介は理解していた。

見直し案は、現行の専門二十六業務と一般業務の区別を撤廃し、有期雇用の労働者の三年という制限期間についても、受け入れ先の労働組合などの意見を聞くことにより永続的な延長を可能とするものだった。つまり、これまでの派遣労働の規制をことごとく取り払い、「臨時的・一時的」な業務に限って認めてきた原則を大転換させ、「生涯派遣が当たり前」の社会の到来を目指す悪法だった。

安倍晋三政権は、国民の批判をあびて廃案になった改悪案を、再びこの臨時国会に提出し、成立をねらっているのだ。

昨年末の緊張した法廷でのやり取りを思い起こし、洋介は、現在の国会の動きなどもふくめた経緯をかみ砕いて婦人に説明した。分かりづらいかなとは思えたが、途中で阿藤が勧めてくれた椅子に座って、二人は話を続けていた。

「そうだったんですか。たいへんな裁判をやってらっしゃるんですね」

婦人は、眉を顰《ひそ》めて洋介を見た。

「いまはもうぼくらの問題だけじゃなくなってると思います。正社員の半分の賃金で使われる若者であふれて、この日本はどうなりますか」

洋介は、背筋を伸ばして応え、強調した。

「そうね、派遣法、どうなるんでしょう。実は、ウチの二番目の男の子は四十歳になるんですけど、ハローワークの窓口で相談員をしてるんです」

婦人は、そこまで言うと、なぜか口ごもった。

「ああ、そういうお仕事なんですか。それはいいですね」

と洋介が返したとき、婦人の目がキッと厳しく変化した。

「違います。ウチの子、非正規なんですよ」

「えっ」

「相談員なんで、求職で来られる方にいろいろアドバイスをする仕事です。二年前の一月から非正規職員として働いてるんです。雇用期間は最長一年で、毎年三月末に契約を更新し、三度目の契約満了時に雇い止めになるそうです。キャリアコンサルタントの資格も持ってるんですけどね、お給料は、手取りで十六万円ちょっと。ボーナスもありません。同じ相談員で働く正規の人と比べて、半分ほどの年収ですよ。五年前にいろいろあって大会社を辞めましてね、そのあとはもう地獄です。まだ結婚もしていないし……」

一気に喋ると、婦人は唇をかみしめていた。洋介は呆気《あっけ》にとられ、言葉を失っていた。ハローワークの相談員には非正規の人がいると、どこかで聞いたことがある。だが、八戸にやってきてまで耳にするとは、思ってもみなかった。自慢の息子でおそらく優秀な人なのだろう。一度何かがあってコースから外れると、再チャレンジが極端に狭き門となるのも青森県の現実だと思える。

「最初はね、正規の人よりはるかに一生懸命やってるのに、給料半分だと愚痴ってましたけどね。最近は何も言わなくなって。かわいそうだけど、どうにもならないし」

「そうでしたか。そういうのって、ほんとうにおかしいと思いますよ」

「先日ね、会社をリストラされてやって来た方の相談を受けていて、『お前なんかに俺の気持ちが分かるか』、って怒鳴られたそうなんです。で、息子はね、『分かりますよ、私も一年契約の非正規ですから』と答えたんですって。そうしたらその方、急におとなしくなって……。人さまのお仕事の世話をする職業安定所の職員の立場が安定していないなんて、わたし、日本って国は終わりだなって思いましたよ」

「……」

「でもね、あなたのような方が頑張ってくれてるんですね」

「はい。負けられません」

「最近、いろんなことがおかしくなってるけど、あなたのような方がいらっしゃるのは、希望ですよ。何とかしなきゃね。息子の毎日を見てるのが、わたしも辛いんです。あら、すっかりおしゃべりしちゃって、どうか、お身体に気をつけてね」

婦人は顔をほころばせ、洋介を拝むようにして頭を下げた。急いで応じて、「ありがとうございます」と答えた洋介に、再び立ち上がって礼をした婦人は、背を向けるとバッグを開けて何やらごそごそしていた。

「これ、ほんの気持ちです」

と囁いた婦人は、ティッシュペーパーで包んだ小さなものを、洋介の手にさっと渡してきた。

「あ、これは」

「いいのよ、少ないけど」

婦人は、手を小さく左右に振るしぐさを見せた後、入口に向かって行った。

洋介は、婦人の後を追って表に出、ドアの傍に立って見送った。ダウンコートを身につけた婦人は、やや前屈みで歩いていた。

〈希望ですよ〉

と、投げかけた婦人の言葉が、洋介の耳元でこだましていた。もらった包みの中を確かめると、樋口一葉のお札が一枚入っていた。洋介は、婦人が消えた彼方に深々と一礼した。

室内に戻って洋介は、来場者の記帳から、婦人の氏名と住所を控えて自身の手帳に記した。後で礼状を書くつもりだった。

昼前になると、お客の姿も殆《ほとん》どなくなっていた。壁際に立ち、先刻の婦人との会話を思い浮かべていると、中谷繁が傍に寄ってきた。阿藤は、救援会の仕事があるので、洋介が話し込んでいる最中に事務所の方に戻ったようだった。二人は、立ったまま話し合う格好になっていた。

「さっきの方から、カンパをいただきました」

「そうですか。あの方、元は小学校の先生でね。水彩画をやってらっしゃって、いまは絵手紙を教えているらしいですよ。だいぶ話し込んでいましたね」

「息子さんが、ハローワークで非正規の相談員なんだそうです」

「そう、ハローワークまでそうなんだ……。現実って、想像以上に厳しいんですね」

「あなたのような方がいるのは、わたしたちの希望だ、と言われました」

「希望……」

　真剣な表情で頷いた中谷は、洋介に笑顔を向け、

「そうか、たたかう人がいるから明日が開けるっていう希望なんだ。いい言葉ですね」

　と、ぽつりとつぶやいた。

　中谷は何度も首を縦に振った後、

「ところで、五味さん、今朝はだいぶ調子が悪そうでしたね。大丈夫ですか？」

　と、急に話題を変えてきた。洋介はどきりとした。

「ええ、もうだいぶよくなりました。昨日の晩、カミさんの具合も良くなったもので、急に飲みたくなって、みろく横丁に行ったんです。そうしたら、突然、カミさんの叔父に会ってしまいましてね。いろいろきついこと言われて、つい前後の見境もなく飲んでしまったんです」

「そうだったの」

「そんなに飲んだつもりはないんですが、悪酔いはするし、ぼったくられて散々でしたよ」

きまりが悪かったが、洋介は正直に告げた。

「ぼったくられた?」

「九千円以上とられました。あそこは観光客中心だから、八戸のふつうの飲み屋よりは少し高いそうですけどね」

「前に取材に来たときぼくもあそこに行ったけど、そんなことなかったですよ。それに、五味さん、地元の人だと分かってるのにぼったくったりなんてしないでしょ」

中谷は不思議そうに返してきた。そう言われると、自分はへべれけに酔っぱらっていたこともあり、自信はなかった。

「そんなに飲んで、身体に悪いでしょ。五味さんは、みんなの希望なんだから」

諫《いさ》めるような中谷の口調だった。中谷は、洋介の生活実態をすべて知っていた。今回、夏美への見舞金ももらっているはずだった。

――身体もボロボロだし、支援の人たちの善意で招待してもらい、争議をやっている身なのだから、自重しなければ……。

と、中谷の視線が厳しく向けられているのだと思えた。

多忙な日々の貴重な時間を費やして、八戸にかけつけ原画展を開催しているのは、中谷にしてみれば、争議生活者である自分たちを応援するためである。ボランティアで来ている中谷には感謝しかなかった。苦手な達吉叔父と遭ったからとはいえ、あれほど飲んだというのは気の緩みでしかない。浮かれていた自分が恥ずかしく、穴があれば入りたい気分だった。

「じゃ、ここをお願いして、昼、食べに行きますか」

しょんぼりしていた自分を、中谷は気遣ってくれたのだろう。背中にそっと手を当てて促す優しさに、洋介は思わず涙ぐみそうになりながら、表に向かった。

（六）

午前中、一家が世話になっている高畑の家に挨拶に立ち寄り、娘たちと会った後、洋介は夏美が入院している八戸市民病院にやってきた。昨日宮城から帰って来た夏美に、もう一度会ってT県に戻るつもりだったのだ。

ところが、先ほど夏美の病室に行く途中、エレベーター前の廊下で義姉の光江とばったり出会ってしまった。彼女は、妹のその後の様子が気がかりで、見にきたというのだった。礼を述べて、洋介が夏美の部屋に向かおうとすると、光江は、

〈いま眠ったばかりだから〉

と、暗に、部屋に行かないように、洋介を遮ったのだった。

〈電車で長かったからね、疲れているのよ、そっとしておいてやって〉

光江は、素っ気なかった。

〈えっ〉

と、返して佇んでいたその瞬間、洋介にはピンとくるものがあった。もしかすると、昨夜のみろく横丁でのことが、あの達吉叔父から連絡が行ったのではと勘ぐったのだ。しかしそのことを口にするわけにはいかなかった。

〈顔だけでも見て、帰りますから〉

と、洋介はやんわり返して進もうとした。だが、立ちはだかるような光江の態度に気おくれがして、洋介は仕方なく引き返したのだった。

光江と別れて、一階の待合コーナーの片隅のソファーに腰かけてしばらくぼんやりしていた洋介は、夏美に手紙を書いて渡すことをふと思いついた。

そこで、売店に寄って封筒と便箋を買い求め、待合コーナーに戻ったいま、ボールペンを握ろうとしているのだった。


〝午前中、高畑の家を訪ねて、お父さん、お母さん、それに綾香と健太に会ってきた。いま偶然光江姉さんに会ったのだけど、疲れて眠っているからそっとしておいて、ということだったので、これからT県に帰ります。見舞いにはまた来ます。めげないでガンバッテる夏美は、ほんとに偉いと思うよ。けど、あと少しの辛抱だよね、大事にして。

洋介〟

と認《したた》めた。これでは短すぎて、手紙ではないかなと思えたが、次の言葉が浮かんでこなくて封を閉じた。

封書に部屋番号と宛名を記していると、なんだかばかばかしくなり、洋介は病室に行こうかと思い直したのだが、光江の言葉が縛りになっていた。光江があれからすぐに帰っていれば支障はないものの、再び遭遇すると事がややこしくなる。元々光江は、洋介が借金を抱え離婚の形を選択した時点で、縁が切れたと割り切っている。ただ、解雇される以前、きちんと一家に送金していたころは、まだ洋介を見る目がこんなに厳しくはなかったと思う。しかし、文無しになって裁判をやるなどもってのほかで、夏美に寄りつくのは止してほしいとの態度で一貫しているのだ。これも、争議生活者の悲哀なのかもしれなかった。

三ツ星とのたたかいで顔をオープンにしてから、洋介は何度もテレビのニュースやショー番組に出演していた。達吉や光江の態度は、以来、はっきり変わったと夏美から言われていた。昨日の見舞金カンパのことなども、夏美は光江には告げていないと思えた。姉妹の仲はよいが、夏美は決してお喋りではない。生活保護の給付を受けながら僅かでも、洋介が一家への送金を続けていることを、同居の両親は知っている。だが夏美は、洋介を遠ざけようとする光江たちに、そうした事実は告げていないと思えた。

日本共産党員としての自分のことも、彼らは自然に知り得ているのだろう。それは自民党の大浜理則の後援会に深く関わる高畑の親族たちにとって、許し難い立場と受け取っているのかもしれない。あれこれ思案したが、やはり洋介は行くことを断念した。帰り際この封書を受け付けに頼めばよいと、自分を納得させたのだった。

時計の針は、午後三時を少し回ったばかりだった。この市民病院は、五百床を超える規模で、院内には理容室や美容室、レストランなども備えていた。綾香の腫瘍の摘出もここでおこなったし、洋介にとっては様子の良く知れた安心できる病院であった。夏美の今後も、医師たちの治療に望みを託すしかない。

慌ただしい旅だったが、何より夏美の病状が快方に向かっていることで一安心できた。みろく横丁で達吉叔父に遭ったことや、酒を飲んでしまった失敗を除けば、洋介は二泊三日の旅に満足していた。

昨晩は、阿藤が中心になって企画してくれた、国民救援会八戸支部主催の支援集会に出席した。野口会館という結婚式もおこなえる会場に六十人ほどが集い、激励を受けたのだった。おそらく八戸の民主的な運動に参加している人たちが、こぞって駆けつけてくれたのだと思う。関東での集まりとはまた異なって、懐かしい郷里の言葉での励ましは嬉しいものだった。

出席者のなかには、田山二郎の「時の行跡」の新聞連載を読み、主人公が八戸出身で、この地が舞台にもなっていることから、周りに「八戸出身者の物語」だと知らせていったという人もいた。それで、小説の実在のモデルである洋介を八戸に招待して、〈励まそうと前から考えていたんだ〉と、その人は熱く語ってくれたのだった。

中谷の絵のファンも多く、宴《えん》は和気藹々《わきあいあい》と二時間以上も続いた。洋介は八戸の人たちの熱い情けを、心温まる思いでかみしめていた。明日からまた頑張らなければと、大いに英気を養ったのだったが、これは、争議生活者でなくては味わえない喜びであった。

――こんなに支援してくれる人が、八戸にもいるんだよ。

と、洋介は、その場を夏美に見せてやりたかった。

日常で、争議生活者はめったに主役になることはない。何かの会議の合間や、裁判の後の報告集会でお礼を述べ、決意を表明するというのが、普段の立場だった。勝利の集会までは主役になることはなく、脇役に徹する身なのだが、故郷というのは心底ありがたいものだった。

封書に宛名を書いてから、ひと仕事終えた気分になり、昨夜の余韻に浸ってぼんやりとしていた洋介の目に、すぐ前を車椅子に乗って移動する老女の姿が映った。

頭の白さや太り気味の体形など、一瞬、自分の母親かと思ったほどに、その人はよく似ていた。嫁さんか娘らしき人が付き添っていて、外観からは仕合わせなお年寄りという印象だった。洋介は自然と二人の所作を追っていた。

洋介の母親は、いま青森市で兄たちと一緒に暮らしている。かなり前から認知症の症状が進行していて、おそらく今行っても自分のことは分からないだろうと思えた。八戸からは一時間半で行ける距離だったが、洋介は解雇されて以後、母親に会っていない。父親はとっくに亡くなっているので仕方がないとしても、親不孝はこのうえないものであった。

三ツ星で、やっと人並みに働けるようになった頃は、手土産を持って、顔だけは見せに帰省していた。しかしこの六年間、親兄弟とは一度も会っていない。兄にはときに電話するが、心臓の病に罹って生活保護の件での対応を頼んだ際に、

〈おめはほんまさツイてねな、いが、ホームレスになるようだば、青森サ帰ってこいし〉

と、ため息をつくように返ってきた、涙まじりの声が胸の奥に残っている。

リストラされ、商売に失敗し、家も失くして離婚の憂き目に遭い、やっと見つけた働き口で立ち直ろうとしていた、五十も過ぎた弟の重なる不遇を兄は痛ましく思ったのだろう。路上生活になるようだったら、青森に帰ってこいと言ってくれたのだった。

争議の日々に入ってからは、正直、八戸の家族と自分のことで精一杯で、母親たちのことを考える余裕がなかった。みろく横丁で酒を飲む時間とカネがあれば、母親に会いに行けたのに、自分はそれさえしなかった。洋介は、眼前の二人の幸せを祈るような思いで車椅子の後姿を追い、親不孝を詫びていた。

第二章　オルグの日々

（一）

師走に入った最初の日曜日の午後四時過ぎ、東武線の新大峰下の駅のすぐそばに立つ、「プラッツ大峰」一階の休憩所の小さな丸テーブルを囲み、洋介と佐伯良典の二人は、星河孝史と向き合っていた。

プラッツとは、ドイツ語で「広場」を意味するらしい。「まちづくり活性化」の足がかりにとつくられたセンター内には、三つの飲食店や町の名産品を販売する「物産コーナー」などが設けられている。労組支部は、先ほどまで建物二階にある「多目的ルーム」を借りて会議を開いていたのだった。

南関東のＫ県からも組合員がやってきて開く、三ツ星支部の定例合同会議だった。本部の書記長も参加し、ＪＭＩＵのそれぞれの県からは、地方本部の委員長か書記長が顔を見せ、職場の状況や組合としての具体的な行動について意見交換をし、裁判の今後に関する事柄なども議論しているのだった。

会議の最初に、K県のF工場の生産ラインで現役の臨時従業員である浜清志が、職場の様子についての報告をおこなった。

彼は現在、弱冠二十四歳の三ツ星自動車支部の書記長として、工場の中で活動する唯一の組合員なのだった。

角刈りの頭に黒いフレームの眼鏡という外観は、いかにもきちんとした青年らしく好感が持てるのだが、細身できびきびした動作と堅苦しい顔つきのせいか、硬派で近寄りがたい雰囲気も有している。職場ではあまりしゃべらないみたいで、新しい臨時従業員に仕事の指導をするときなども厳しくて、先輩から、〈おまえは怖がられてるぞ〉、と言われたことがあるそうだ。

岩手の雫石《しずくいし》が郷里なので、根っからの東北人である。近頃の若い男にみられるような草食系のタイプではない、そんな彼のキャラクターに洋介は親近感を抱いていた。

鉄道大手の子会社で設備の仕事をしていたときに浜は、職場でパワハラに遭い体調を崩して出社できなくなった。それが長く続いたことから退職を余儀なくされ、以後、漫画喫茶などで流浪の生活を送ったと聞いている。千葉で働く兄のところに転げ込んだ後、アルバイトなどを経て三ツ星に流れ着いたという、訳ありの過去を有していたのだ。組合に入ったのは先輩に勧められたからだが、その人は、二年十一カ月という契約期間を過ぎて、いまは工場に居なくなっていた。

そういう彼も理不尽な取り決めにより、このままだと、後、一年余で期間満了を迎え職場を去らなければならないのだった。現在、正社員登用試験に挑み、頑張っていることも本人の口から語られていた。

〈とにかく人手が足りません。仕事がいっぱいあって、超、忙しいんです。会社は臨時従業員を募集しています。期間満了で出て行かなければならない人がいる一方で、新たな応募者は少ないんです。会社は、食費の補助を増やしたり、あの手この手で集めようとするんですが、やはり、二年十一カ月で切られるってのは致命的ですよね……〉

浜は、黒い眼鏡に時折り手をやりながら、口惜しそうに報告した。三ツ星に来てやっと普通の暮らしができるようになったのに、とにかく二年十一カ月ですべてが終わる不安定な自身の境遇にも重ねて、とりわけ怒りが募るのだろう。彼は、いろんな情報も収集して試験勉強に熱心と聞いていたが、たとい合格点を得たとしても、いまの三ツ星が浜を正社員にするかどうかは疑問だった。けれども正社員になるべく懸命に打ち込む浜の様子を耳にして、洋介は、陰ながら声援を送っていたのだった。

組合員ではないものの、一昨年、六十歳に達してからは再雇用従業員として働く、F工場の福武昌弘がオブザーバーといおうか、得難い協力者として参加していた。星河とは長年のコンビで三ツ星の共産党の看板を掲げていて、千四百人の「非正規切り」の際には、大きな力を発揮した、エンジンが専門の技術屋だった。F工場では、佐伯や浜と組んで、門前や社宅への職場新聞の配布をずっと続けている。

福武が、浜の発言に補足して、

〈二年十一カ月の間、一生懸命やってね、立派な技術を身につけた若者を期限が来たからって放り

出すでしょ。正社員や職制も大変ですよ。また一から教えなきゃならないって、悲鳴あげてますよ〉

と、期限に翻弄《ほんろう》され、右往左往するF工場の職制らの声を紹介した。浜は大きく頷《うなず》いている。

彼の潑剌《はつらつ》とした姿を目にしていると、組合は、この若さとひたむきさに未来を託すしかないと思う。新しい組合員が頑張っているのに、古手の自分たちは、もっとしっかりしなければならないのだ。浜たちの正社員化を促す道も、三ツ星の職場に多くの組合員を迎え、争議の勝利によって切り拓かれるというのは、自明のことだった。自分たちのたたかいは労働運動として、浜たちの将来も背負っていることを、洋介は改めて痛感したのだった。

年の瀬ということもあり、この一年を振り返っての論議も深められたのだったが、人間の集団だから、ぎくしゃくしたやりとりも避けられない。

そのことに関してだと思えるが、先の会議が終わってから星河は、〈ちょっと話していこう〉と佐伯と洋介に声をかけてきた。それで二人は星河に付いて、このコーナーにやってきたのだった。

熱い缶コーヒーを三本抱えた星河は、円いテーブルの上にひとつずつ置いて、二人に勧めた。

八戸から戻ってきて以来、洋介は星河と何度か会っていた。実は、あの八戸での「飲酒事件」が彼に伝わり、批判されるのではないかとずっと緊張していたのだ。自分が黙っていて、中谷が他の誰かに喋らなければ、星河の耳に届かないはずだった。しかしこういうことは得てして、話が拡大されて広がるものだ。会議では、国民救援会の阿藤らに世話になったことは報告していた。が、つい羽目を外してしまったことを、素直に反省はしていたものの、自分からは口に出せなかったのだ。

星河は何も言わなかったので、あの事件は、どうやら中谷と自分との間の秘密になっているのかもしれなかった。

缶のプルタブを引いて、コーヒーに口を付けると、星河はおもむろに話を切り出した。

「洋ちゃんさ、気持ちはよく分かるけど、いま組合にとって一番大事なのは何だと思う?」

目を細めて、星河は優しく訊いた。やっぱりそのことかと洋介は思った。

二〇〇八年末にマスコミの取材が殺到する、いわばスポットライトを浴びるもとで、「非正規切り」とたたかうJMIU三ツ星自動車支部は誕生した。当初は、この支部会議も、洋介たちT県とK県の工場の組合員が十人近く参加する賑やかなものであった。しかし、争議が始まってから六年も経つと、組合員にはいろいろな事情が生じてきて、会議の状況も様変わりしていく。

職場復帰を求めてたたかう、期間社員で労組支部委員長の松橋浩二に、三留達男、見瀬芳史、植村真二の四人は定職には就いておらず、アルバイトで生計を立てている。一方、派遣社員だった洋介と佐伯の二人は、病気のため生活保護の給付に依拠する暮らしとなっていた。後の者たちは、宿命的に自動車会社の期間工として、遠隔地を転々としながら働いているために、会議への参加は事実上不可能なのだった。

それに、二十八歳の副委員長で三ツ星支部のホープであったK県の見瀬は、様々な重圧から心の病に陥り、組合への結集は難しくなっていた。中途解雇以後、T工場の借り上げ寮に留まり踏ん張っていた植村は、かなり以前から連絡を断ち、いつ訪問しても不在で、動向をつかめなくなっていた。分かっていたとはいえ、長期にわたるたたかいは、このようにそれぞれにとって厳しいものと化していたのだ。

今日の会議で最後に話し合われたのは、裁判所に提出する「要請署名」を依頼して回る、各団体へのオルグ活動についてであった。

現在、組合側が求めていた裁判官忌避の特別抗告は最高裁で棄却され、来年一月二十日に高裁で審理を再開することが決まっていた。だから今、「社長の尋問を採用し、公正な裁判をおこなえ」という、世間の声を署名によって裁判所に届ける活動は、決定的に重要になっている。

ところが支部のオルグ要員は、洋介と持病を抱え入退院を繰り返している佐伯の二人しかいなかった。彼の体調が思わしくないときには、洋介が一人で各組合を訪ねて歩く日々なのだった。しかし自分らだって、調子の悪い時などたまには休みたい。

だから洋介は、過密な年末年始のスケジュールの内、何回かの労組訪問を、支部委員長の松橋浩二と副委員長の三留達男に代わってくれるよう頼んだのだ。だが、普段の仕事が入っていて、十二月ということから休みを取るのが彼らには困難という事情もあった。いずれもそうした理由を述べて、よい返事をもらえなかったのだ。

事情は理解しているつもりだったが、あまりにもあっさり、「駄目」と返ってきたので、洋介は激してしまった。我慢できず、ついに、

〈なんで俺だけが行かなきゃならないんだよ。たまには行ってよ。裁判やってんだから〉

と、叫んでしまったのだった。

そのとき、松橋と三留の表情が、さっと険しくなった。だが彼らは、口を堅く閉じて反論しなかった。

気まずい場の沈黙に、洋介は言ってはならないことを、つい口にしてしまった非を悔いた。しかし、一度発した言葉は取り消せない。その場は、本部書記長が何とか収めてくれたので決定的な衝突は避けられたとはいえ、後味の悪い会議だった。

そうした経緯もあったので、いま星河に、組合にとって何が一番大事かと問われると、口ごもってしまう。しばらく考える仕草を示してから洋介は、

「分かります。団結でしょ」

と、答えた。

「洋ちゃんの気持ちは分かるよ。でもね、感情的になって責めたら、松ちゃんや留さんだって言い分はあるしね、たがいに叩きあってると、俺たち沈没しちまうじゃない」

仏の星河と呼ばれる彼の口調は、終始穏やかだった。

松橋と三留は、T工場のエンジン製造ラインの現場に組み立て部品の供給をおこなう、物流部門に所属していて、星河と同じ仕事仲間だった。彼らを中心に組合がつくられたのも、職場で長く「だべる会」という集まりが持たれ、気心の知れた同士の信頼関係が築かれていたからだ。

「すみません……」

感情的になったのは、悪かったと思う。けど、自分だってという気持ちはどうしようもない。

「洋ちゃんも、佐伯君も、苦しいと思うけどさ、仲間割れしたら終わりだよね。二人とも月に十万

円稼ぐために、たいへんな苦労をしている。留さんが寮に踏みとどまっているのも、立派なたたかいだよ。あの寮の中でさ、若い寮生の好奇の目に晒《さら》されて、自分たちの正しさを貫くために、五十を超えた男が寮の一室で頑張っているんだよ。気の弱い俺だったら、耐えられないと思うね。でもね、留さんは何も言わず自分を貫いている。俺はすごいと思う。会社にとっては、喉《のど》に骨が刺さってる状態だから、ほんとうに嫌だろうね」

自身に言い聞かせるような、星河の話に、洋介は黙って頷いていた。頭は白一色で、鼻の下に蓄えた口髭《くちひげ》も最近、とみに白くなった気がする。昨年六十五歳となり、定年後の再雇用従業員の期間を終えてK県に帰り、いま彼はマンションの清掃の仕事をしている。普通の人は定年後の生活設計で楽しんでいるのに、JMIUの場合会社から離れても、自らの意思により組合員でいようとするかぎり資格を失わないため、いまなお星河は、三ツ星支部の一員として、重要な役割を果たしているのだった。

三留のことを自分は、星河のように捉えて考えたことはなかった。会社の雇い止めは不当なので、社員の権利として寮に生活点を置き、裁判をたたかっている彼の姿は、当然多くの寮生の目に触れて伝わっているだろう。三ツ星の傷は逆に若い寮生たちの目に、晒されているとも言える。それは単に、三留の生活を守るためということだけでなく、彼なりに受けて立った、公然としたたたかいでもあったのだ。星河の言葉は、洋介の胸に痛く刺さった。

「たたかいって、いろいろあるよね。洋ちゃんや佐伯君がいなければ、三ツ星のたたかいは成り立たない。けどね、松ちゃんや留さんもいての三ツ星の争議なんだよ。それぞれを認めて、俺たち手をつないでいこうよ」

最後の方は、いつしか涙まじりの声になっていた。久しぶりに耳にする、「泣きの星河節」だった。

言われてみれば、その通りだった。争議は一人でやっているのではない。自分が彼らより行動しているからといって、自惚《うぬぼ》れるなと、星河にぶつけられた気がした。松橋に三留も、間違いなく争議生活者なのだった。

駅舎に近い側の一室から、エレキギターの軽やかなリズム音が響いてきた。ここには、バンドの練習用の「遮音スタジオ」がある。出入りのために、誰かがドアを開けたのだろうか、音はまもなく消えて静かになった。

「じゃあ、洋ちゃんに佐伯君、頼んだよ」

笑顔を取り戻すと、星河は椅子から立ち上がった。帰りの電車の時刻になったようだ。K県までは乗車時間だけで、二時間は優に超える。腕時計に目をやりながら急いで駆けて行く、小柄な星河の後姿を、洋介はじっと見送っていた。

三ツ星の正社員の共産党員という立場で、三十年近く看板を背負ってきた過去が星河にはあった。その彼が、六十歳の再雇用の社員になったとき松橋らと労組を立ち上げ、書記長として「非正規切り」とのたたかいの最前線に立つことになったのだ。六十五歳でその任務は解かれたが、いまも三ツ星支部にはなくてはならない存在だった。

定年後には、〈いろいろやりたいことがあったんだよな〉と、ときに口にしていた星河の願いは、争議に決着がつくまでは叶えられないだろう。裁判の原告ではなくても、やはり星河も争議生活者の一人なのだと思えた。

星河が去った後、いつの間にか傍らの佐伯の姿が消えていた。トイレにでも行ったのかと思い待っていると、佐伯は、白いビニール袋を提げ、にこにこしながら戻ってきた。

「五味さん、ほら、美味そうなせんべいがあったので買ってきたよ」

佐伯は、袋からせんべいを取り出して洋介にも勧めると、マイペースでぼりぼりとやり始めているのだった。洋介も手を伸ばし、口にしてみると、それは、この地方特産の風味豊かな田舎せんべいだった。甘くはないが辛くもない、昔、八戸で食したような素朴な味に、いつの間にか洋介は二枚目をつまんでいた。

佐伯は休むことなく頬張っていて、透明の袋の中は、残り少なくなっていた。

「いいの？　佐伯さん、そんなに食べて」

心配になって、洋介は思わず訊いていた。

「いや、腹減ったからね。俺の病気にストレスが一番よくないの。食ってりゃね、ま、なんだかんだあっても収まって来るからさ」

佐伯は豪快に笑って応える。

調理師の専門学校を卒業し、飲食関係の仕事が長かった佐伯は、二〇〇二年にリストラに遭い、警備会社の仕事などを転々とした後、単身三ツ星にやってきたと聞いている。北海道に妻と子を残して、二〇〇三年からF工場の車両組み立てラインで働いていたのだ。

持病の脱腸で苦しんでいた佐伯は、その後胆石を患い、現在も入退院を繰り返していた。胆汁中のコレステロールの量が増えると、余分なコレステロールは溶けずに胆汁のなかで固まり、これを核にして結石ができるらしい。

彼の話によると、みぞおちゃ右脇腹に周期的に激しい痛みが生じ、それが背中や腰にもおよび、大量の汗が出てくるなど症状は複雑らしい。鋭く身を突き刺されるような痛みが、突然起こることもあるのだそうだ。それに最近は血糖値が高くて要注意と診断されていて、肥満のもととなる間食は良くないはずで、脂ものなど厳禁なのに、佐伯はいつも無頓着《むとんちゃく》に見えた。

細かいことに拘《こだわ》らない大らかさが彼の持ち味だ。しかし、身なりのことなどもふくめて、ときに洋介はいらっとすることがあった。いくら争議中の身だからといって、〈鼻毛くらい切ってきなよ〉と忠告したこともある。

一方で、佐伯にはかなりデリケートなところもあり、病気でアパートに籠《こも》っていると、気が滅入っておかしくなると、漏らすこともあるのだった。

洋介は、袋の中から最後の一枚を取って口にした。なるほど彼が言うように、少し落ち着いた気分になった。佐伯は、嬉しそうに洋介を見ている。

「俺ね、五味さん。以前さ、十年頑張るって言ったことあったよね。でも俺たちのたたかい、十年もやれるのかな」

急に、しんみりした口調で佐伯はつぶやいた。彼が、こうして言うのは、珍しいことだった。

「どういう意味さ、それって」

洋介は返した。

「うん、俺はね、マツダの裁判のことがずっと引っ掛かっててね」

マツダの裁判というのは、「非正規切り」とたたかう全国集会などで洋介たちも何度か交流していた、大手自動車メーカー、マツダの、山口県にある防府工場で「派遣切り」とたたかった仲間たちのことだった。

「そうか、実は俺もあの結果がね、喉に刺さった小骨のように、気にはなってるんだよな」

洋介は応じた。自分ら裁判中の者にとって最大の関心事は、同種の事案でどのような判決が出されるかだった。

組合員十五人が正社員としての地位確認などをマツダに求めていたのに対し、十三人を正社員に認めるという、労組側勝利の画期的判断を昨年三月に山口地裁が示した。

マツダは最長三年とされている派遣期間の制限を逃れるために、三カ月と一日だけ「サポート社員」という形で労働者をいったん期間社員として直接雇用し、その後再び派遣社員に戻して使う、悪質な偽装を派遣会社とグルでおこなっていた。厚労省の指針を悪用し、マツダは、いつまでも派遣労働者を使えるように画策していたのだ。

それは、常用雇用の代替にしてはならないとする「労働者派遣法」の根幹に反するもので、違反が「組織的かつ大々的に」おこなわれていたと山口地裁は認定したのである。

〈労働者派遣についての取りきめは、とにかく五味さん、分かりづらいね〉

と、支援の人たちから洋介はよく言われた。企業があの手この手を使って法の網をくぐろうとし、また厚労省などが使用者側に変な肩入れをして例外を認め、「人貸し業」的な違法すれすれの労働者の使い方を結果的に許していることが、いっそう分かりにくくしている原因と洋介は捉えていた。

言うまでもなく派遣労働者の使用は、臨時的・一時的な業務に限り許容されているのであって、正社員の代替にしてはならないという大原則が「労働者派遣法」には明確に貫かれている。つまり日本の労働者を働かせるには、「直接雇用」でなければならず、派遣という形態は、あくまで例外として認められている、と言えば明快だろう。

この原則を保証するため、派遣労働の受け入れ期間の制限が設けられている。最長三年という期間を超えると使用者は、労働者を直接雇用にしなければならない。ところが企業は、法の規制を免れるために脱法・潜脱などの様々な方法を駆使して、「実質は常用」で旨く使おうとする。

それに、企業の側に期間制限違反などがあっても、「労働者派遣法」そのものに罰則規定がないため、以前は野放し状態がまかり通っていた。大企業は国の指導・助言や改善命令などを屁とも思っていないから、違法状態が後を絶たなかったのだ。

だが、こうした無法を許さない労働者のたたかいが始まると、最高裁判所はパナソニックプラズマディスプレイ社の裁判において、二〇〇九年十二月に、「違法派遣というだけでは派遣先との雇用関係は認められず、直接雇用を命ずるには、『特段の事情』が必要」という企業擁護の判断基準を示してきたのである。

これにより、全国の「非正規切り」裁判では、派遣先のメーカー側の違法を認定しても、肝心の

「雇用責任までは問えない」とする、右へ倣《なら》えの判決が続くことになった。事実洋介たちの裁判においても、T地裁では、三ツ星の違法を認める一方で、それは「直ちに不法行為上の違法とは解せられない」と、理解に苦しむような理屈をつけて会社側を勝たせたのだ。

マツダの裁判の最大の争点は、使用者が雇用責任の回避を目的に、「派遣のうまみ」を存分に悪用した違法性にあったと洋介は思う。山口地裁の判決は、労働者の置かれた実態によく目を向け、違法を許さずマツダの雇用責任にも踏み込み、原告らを正社員にせよと認めた。これは、最高裁が事実上誘導した「労働者敗訴」の流れを変える画期的判決で、「潮目が変わった」と言われ、洋介たちにとっては、闇の中で光に出会ったような快挙なのだった。

だが、その名判決も、上級審である広島高裁に移って、雲行きがガラリと変わった。今年の七月上旬に裁判所は和解案を示し、双方の協議がおこなわれた結果、

「元派遣労働者は職場への復帰はしないものの、マツダが十五人の原告全員に対し、和解金を支払うことで合意が成立した」

という衝撃的なニュースが飛び込んできたのだった。和解金の額や合意に至る経緯については、両者の取り決めで公表はされなかった。

「マツダの彼らはね、地裁で勝っても、結局、高裁は正社員にすることを認めなかった。俺たちは、地裁で負けてんだよ、これが高裁でひっくり返るなんて常識的には考えられないじゃないか」

佐伯の真剣な表情が眼前にあった。

洋介も広島高裁での推移を、マツダの原告の仲間から送られたメールである程度は知ってはい

た。今年の四月末におこなわれた第三回の口頭弁論の場で裁判長がいきなり、「次回弁論期日をもって終結する」と、結審を示唆したことに一同驚いたというのだった。第二回の口頭弁論時に裁判長が代わり、第三回では右陪席の裁判官が代わったばかりだったそうだ。

「パナソニックプラズマディスプレイ社の事件と比べて、どちらが悪質か」、最高裁が示した「特段の事情は成立するのか」などが主たる争点となり、本当に審理が尽くされたのかと、殆《ほとん》どの人が疑問に思っただろうとの感想も記されていた。要するに、最高裁におけるパナソニック社の判決を念頭に高裁は、最初から結論を導き、まともな審理をする気がなかったということだろう。佐伯もそうした経緯をよく知っているのだった。

しかし会議の場で、自分たちの今後のたたかいについて、こうしたことを口にする者はいなかった。それを言えば、たたかわずして敗北する論理に一挙に流されてしまう。だから禁句なのだった。けれども内心では、多くが佐伯のように思っていたのかもしれない。

〝十三人についての訴えを認めた一審判決が和解に生かされた。経済面や健康面などでさまざまな困難を抱えた原告を早期に救済することができた〟

とする、マツダ争議における労組の見解は洋介も目にしていた。

争議団の彼らに会ったとき、〈早くに和解して申し訳ない〉と、たたかいを続ける自分たちを慮《おもんぱか》ってか、暗に詫びるような言葉もかけられた。正直、もっとたたかって欲しかったという気持ちが洋介の胸の内にはあった。けれども、一時はホームレスのような暮らしも経て、五年三カ月にわたって辛苦に耐えてきた人たちに、そんなことを言えるわけがない。洋介は心から〈ご苦労さんでした〉と称えたのだった。

こうした結果があっても三ツ星の組合側弁護団長の角野先生は、〈三ツ星の場合、マツダとはまた事情が異なる。裁判官っていうのはね、勝たせてやろうと考えると、必ずそれに添って、論理を導き出すものなんだよ〉

と、マツダの結果に一喜一憂せず頑張ろうと強気だった。

「五味さんさ、俺は今までね、裁判所ってのは法律にのっとって正義の判断をするところだと確信してたよ。けどね、実際にはそうでないってことも良く分かった。下が正義の判断を示しても上が簡単にひっくり返す。政府や財界にしか目が向いていない最高裁判所が、容易に引くかい。十年やってさ、勝てるんならいいよ。だけどそうでないなら、どういう選択が正しいのか、俺には分からなくなってきたんだよ」

佐伯は、一気に吐き出した。

「……」

そういうことをいつも考えていたら、自分たちはたたかえるものではない。結果を考えて俺たちはたたかっているんじゃないぞと、洋介はいつも自身に言い聞かせているつもりだった。けれども、佐伯が口にしたことは、自分らに絶えず付き纏《まと》っている重い疑問でもあった。自分たちの裁判で公正な審理がおこなわれ、三ツ星の社長の証人尋問が実現すれば、逆転勝訴の道は拓かれてくる。しかしT高裁が最高裁の敷いた路線で動くとすれば、それは難しいだろう。自身の思いがうまく言い表わせず、洋介は黙していた。

「五味さんさ、最高裁まで行って白黒をつける、そのことに俺たちの目的があったんじゃないよね。三ツ星は違法なことをしたんだから、職場に戻してくれという、俺たちが立ち上がった動機はそれだよね。マツダの人にはね、三ツ星が頑張ってるのに申し訳ないって気持ちがあるかもしれない。でもね、俺は彼らの選択は正しかったと思うよ。勝てばいいけど、もし負けた場合何が残る？全面勝利はできなくても、部分的な成果が得られれば、一歩後退しても団結を固め、次のたたかいに備えていく。労働運動ってそういうものじゃないの」

洋介は、佐伯の激しい息遣いに圧倒されていた。

普段口に出来なかったことを今言うと、佐伯は覚悟しているように思えた。

「それって、俺たちも和解すべきだってこと？」

洋介は訊いた。

そう言えば、T県の「三ツ星の争議を支援する会」の代表世話人になってくれた、若い大学の先生は、〈タイミングを見て、早期の和解に持ち込むべきだ〉と強く主張していたように思う。

「三ツ星は、いまの勢いで、勝利判決を絶対取ると意気込んでいるし、難しいとは思うけど、国会での『労働者派遣法改悪案』が通れば、さらに状況は厳しくなるよ。最高裁まで行って、負けることもあるという結果も予測しての判断が求められているんじゃないかと、そんなことも考えるときがあるんだ」

佐伯は、現下の情勢についても言及した。

彼が言う、「労働者派遣法の改悪案」は、現状の派遣労働を無制限・無期限に拡大し、正社員への道を閉ざして不安定雇用のままの「生涯ハケン」を強要する内容のもので、「正社員ゼロ法案」とも呼ばれていた。先の通常国会で廃案になった悪法を安倍政権は、再びこの臨時国会に提出したのだが、お粗末なミスも含まれている欠陥法案だったこともあり、反対する運動の高まりと世論の前に、先月、再度の廃案に追い込まれていた。だが、財界が強く求める改悪を、安倍晋三が諦めるはずもなく、来年にまた、しぶとく持ち出して通そうとするのではと、みられていた。たしかに佐伯が言うように、あの稀代の悪法が成立すれば、裁判官の目がいっそう自分たちに厳しくなるだろうと、予測は出来た。

「社長尋問が認められず、負ける」という結果を、洋介はこれまで考えたことはなかった。自分たちが頑張れば、裁判所は正しい判断をすると信じて疑わなかったのだ。けれどもそれは理想論だとすれば、法律上の決着をつけることと、労働運動としての収束をどう考えるかは別問題としてあるようにも思える。だが、自分たちのたたかいは、まさにガチンコ勝負で突き進んでいるのが現状だ。そうは言っても、自分でそのことの是非を考えるのは、あまりにも難しすぎた。

腕組みをして、洋介が考え込んでいると、佐伯は急にテーブルの上のせんべいの袋を丸めて、片付ける動作を始めた。言いたいことを言ったから、もういいんだと、さっきまでの苦渋の様子はどこかにいったのか、満足げな表情に変わっている。そして、

「五味さん、いま言ったこと忘れて。俺の愚痴だよ。俺なんかが判断することじゃない、俺はＪＭＩＵの本部と弁護団を信頼してるからね。状況を見て、いい答えを出してくれるさ」

と、言ってのけたのだった。

今し方の激した態度はどこに行ったのか、佐伯は、さっさとこの年末にかけて回る支援要請のスケジュール表を睨みながら、それぞれの担当をメモして、自分のスマホの日程表に入力していた。作業は、あっという間に終えた。

恰幅《かっぷく》の良い体軀《たいく》を揺するようにして、ゆったりと駅に向かって歩く佐伯の姿を、洋介は呆然と見つめていた。

（二）

二〇一四年も後一週間ほどで終える十二月の午後、洋介は、ＪＲ御茶ノ水駅から徒歩で八分ほどの、「平和と労働センター・全労連会館」一階のロビーでひと休みしていた。さっきまで、〈来年もよろしく〉といつも世話になっている人たちへのお礼の挨拶に回ってきたところだった。全労連は、洋介たちが所属するＪＭＩＵも加盟する、「働くものの利益をまもってたたかう労働組合」の、頼りになる全国中央組織なのだ。

一階のロビーのほぼ全域に、ゆったりと座れるソファーとテーブルが据え付けられているこの場所は、面談はできるし落ち着ける有難いスペースなのだった。壁の一面には、小さいけれど水彩画が掲げられていて、それらを目にしていると心が和んだ。自動販売機で熱いコーヒーを買い求め、洋介はしばらく身体を休めていた。

今朝から三カ所の訪問をしてきたので、さすがに疲れを感じる。御茶ノ水駅より、洋介のアパートのあるT県に帰るには、一時間四十分ほど要するのだった。交通費が片道で千二百円を超えるので、もともと組合費が僅かしか入ってこない労組支部の財政状況にとって、東京通いは厳しかった。一時は支援カンパも多く寄せられて何とかなったが、年を経るごとにそれは減り、今では底をついていた。

木製の衝立のような壁で囲われたコーナーの前方に陣取っていると、入口からエレベーターの昇降口にかけて歩く人の姿が眺められる。顔見知りの人がいれば声をかけて挨拶ができるので、洋介は通りに注意の目を向けていた。

ソファーに身体を埋めて、一年も終わるのだと何となく振り返っていると、二〇一四年という年もあっという間に行ってしまった気がする。あと少しで争議も七年目に入ると思うと感慨を覚えるのだった。洋介は、またたく間に過ぎた、自身の六年間の要請行動を漠然と追っていた。

争議生活者の自分らに向けられる周囲の視線は総じて温かかった。社会の理不尽とたたかう自分たちの大義に、人は賛意を示し拍手を送ってくれる。だが、

〈じゃあ、どういう支援を差し伸べてくれるの?〉

という具体的な話になると、それはまた別だった。

洋介らが支援要請に訪れる先の人たちは、皆忙しい。そして現に、裁判などを起こし、たたかっている者はひとり三ツ星だけではなく大勢いる。それらに全部、身を入れた応援をするとなると、また大変なことだ。ちなみに、全労連が中心になって年に何度か取り組む「争議支援行動」の対象は、東京だけでも二十は下らない。

要請に訪れると各団体は、署名活動にはもちろん協力してくれるが、裁判の傍聴やビラ配布行動となるとそう簡単にはいかない。法廷には、ごく限られた人たちしか駆けつけてくれることはないのである。これまで、九十を超えるT地裁の傍聴席を一杯にするには各組合の力だけでは及ばず、地域の人々にも協力の依頼を広げてやっと、という具合だった。T県、K県からそれぞれ、決して暇でない人たちが、交通費を自分で払って駆けつけてくれるというのは容易なことではない。

傍聴席が埋まるかどうかは、やはり、人々の心を動かす争議団の熱心さと日常的努力の如何《いかん》で決まるのだ。とは言ってもこれまで、日本航空や旧社会保険庁などの大型争議は別にして、一人、二人の少数で裁判をたたかう人たちに比べれば、自分たちは恵まれていた。それはそうなのだが、三ツ星の争議の現実は、十二人の原告がいても、今では、支援要請に加われる者は二人だけという寂しいものとなっていた。

争議の渦中にいる者の心理としては、自分たちはこんなに大変なところで頑張っているのだから、〈もうちょっと、あったかい目を向けてよ〉と、周囲に思わず声を発したくなるのが常である。とにかく話を聞いてほしいとの思いで訪ねたのに、〈あ、署名用紙ね。じゃあそこに置いといてくれる〉といった、素っ気ない事務的な態度で応じられることもなくはない。こんな場ではつい、

――あなたたち、安全地帯で組合活動やってるの……。

などと愚痴りたくもなるのだが、これはあくまで禁句である。

支援要請というのは、簡単なようでいて難しく、根気と執念が必要だ。話をよく聞いてくれるところ、期日までにきちんと署名などを整えてくれるところについ足が向いて頻繁に通うようになる

のだが、行き易いところにばかり出かけるのでは、支援の輪が広がって行かない。

署名用紙を渡し、日程も示して依頼していたのに、回収に訪ねてみると、〈あ、忘れてた。すみません〉と返ってきたときの落胆は、おそらく、味わった人でないと分からないだろう。

——俺たちって、所詮、その程度なんだ……。

と、絶望に似た気分に陥れられる。

だがそんなときにも、俺たちは笑顔を忘れてはならないのだ。

——この人たちは、やらなきゃならないことを一杯抱えている。つい忘れてしまうことだってあるよな……。

と、自らに言い聞かせ、納得する。

それに困ってしまうのは、目的の支援先に回ったついでに、近くにある事務所に飛び込みの依頼で駆け込んだ時などだ。窓口で面会に応じてくれた人から、

〈上を通して、来てくれますか〉

と決まって言われるのだ。

最初は、三ツ星の争議を、相手の方は当然知っていると思って頼み込むのだが、必ずしもそうとは限らない。官僚的な対応に腹が立ったこともあったけど、これは、先方にとっては当たり前で、組織としては支援・協力が明確に決まっていない争議には関われないのだ。数多の依頼に窓口だけでは判断できないので、予《あらかじ》め責任者を通してから来るようにというのも、この世界では常識なのである。

しかしこれも五年以上やっていると、自然と要領も分かり、いまではすっかり板についてきたと言われる。工場で機械や物を相手にしてきた労働者は、こういう活動は不得意だ。しかし営業マンだった自分の場合、さほど苦には感じないというのを、髭の星河はよく知っているのだろう。

要請先にいったとき、自分が満足に飯も食っていないことを知っていて、それとなく昼飯に誘ったり、夜の集まりがあれば声をかけるなどの配慮を、常に欠かさない有難い人もいた。

洋介の毎日は、夏美への仕送りを少しでも増やしたいために、食費を削ることが多かった。だいぶ前だが、夜から何も食べず、水だけで凌いで過ごしていた翌日の午後、訪問先で昼食に誘われ、美味しいかつ丼をご馳走になったことがあった。がっついて、一気に平らげた後に茶を啜《すす》っていると、まるで自分が食っていないことを知っていたような、その人の優しい心遣いが嬉しく、不意にほろりとしてしまった。食べっぷりも尋常でなかったからか、相手の人のいたわるような眼差しにあい、再び感極まってしまったことなどは、生涯忘れられないだろう。

だが、そんな好い目に度々遇っていると、自身が堕落していく恐れがあることにやがて気づいた。人に泣きついたり、たかりをしてはならないという規範が争議生活者には求められる。だから以後自分は、昼飯時の訪問は、控えるようにしてきたのだった。

支援要請に駆けずり回った日々を思い起こしながら、囲いの間から見える左側の通りをずっと注視してきたのだが、なぜか今日は、知っている顔を見かけなかった。

洋介は、夏美にメールを送ることを思いつき、携帯電話機をバッグから取り出し、入力を始めた。

かなり前から、夏美の返信が来ることのない、一方通行の伝達となっていた。この十月に会ったときに、

〈ごめんね、調子のよいときは読むんだけど、送るのはね〉

と、聞いていたので、それでも十分だった。病状がもっと回復すれば返信も来るだろうと、洋介は八戸から戻って以後、期待も込めて、こまめに短いものを送り続けていたのだった。

二カ月前に宮城でガンマナイフ治療を受けた夏美は、脳の腫瘍《しゆよう》が取れたこともあり、八戸の病院を退院するのも近いだろうと洋介は予想していた。だが、退院したとの知らせは、まだ綾香から来ないので、今も、あの市民病院に入ったままなのだと思える。その後の推移がやや気がかりだった。

〝具合はどうですか。いま御茶ノ水にいます。支援してくれる人たちへの、今年最後のあいさつまわりです。二〇一四年は、いろいろあったけど、来年こそは良い年にしようね。俺たち、一生懸命にガンバってるんだから、いつかきっと、いいことがめぐってくるよ！　じゃあ、無理しないで。

洋介〟

月並みな言葉しか思い浮かばず、気が引けたけれど、〝いつかきっと、いいことがめぐってくるよ！〟という文言には、特別の思いを込めたつもりだった。打ち込んだ内容を確認してからすぐに洋介は送信釦《ボタン》を押した。

（三）

年の瀬は洋介も、晴れて二十七日の土曜日から休みになった。

争議行動は中断され、年末年始は当然1DKのこれといった特徴のない部屋で過ごすことになる。六年前、生活保護受給の身となった折に、町が指定してきたのが家賃三万二百円のこの部屋で、住宅扶助費によって支払われている。質素だが、トイレに風呂はちゃんと付いているし、住宅地の静かな一角にあるので不満はなかった。

ちなみに、洋介の十二月分の生活扶助費には、いつもの六万八千円の他に、期末一時扶助として一万二千円上乗せされていた。これは越年資金で、いわゆるモチ代ってやつだろう。憲法が保障する、健康で文化的な生活には程遠いけれど、ないよりはましだ。

三カ月に一度のケースワーカーとの面談では、〈毎日どこに行ってるんですか〉などと意地悪く訊いてくる担当者もいて、相手によっては苦痛だったが、汗水流して働く人に支えられ生きていけるのは有難く思う。それに自分の場合には、毎月の病院通いや薬代が相当な額になるけれど、医療扶助ということで全額賄えるのは何より感謝しなければならなかった。

佐伯も同じで、彼は、〈これがなければ、俺、とっくに死んでるね〉が口癖なのだった。

たまった洗濯をやっと終えて、睡眠不足を補うかのように毎日ごろ寝し、ぼちぼち部屋の掃除にとりかかろうかと思案しているうちに、いつの間にか大晦日を迎えていた。たまった「しんぶん赤旗」が隅に積まれたままだし、とにかく争議関係のビラや文書の類も一年分が未整理なので、部屋は、紙の山に埋まるゴミ屋敷のようだった。

室内の寒さが身に沁みた。備え付けのエアコンがあるのだが、電気代を考えて、使ったことはなかった。十一月から翌年二月まで、毎月入る灯油代の三千円も、もったいなくて節約している。いつものようにセーターを何枚も着込んでの作業だった。

夢中で紙の束と取っ組んでいて、ふと窓の外に目をやると、夕闇が迫っていた。今晩は何を食べようかと心配する必要はなかった。近くの支援者の人から、沢山モチをもらっているからだ。それに、以前買ったインスタントのカップ麺が残っているので、年越しはこれで十分だろう。

そんなことを、あれこれ考えていたとき、炬燵《こたつ》の上に置いた携帯電話の着信音が洋介の耳に響いた。組合関係者からはもう来るはずがないので、誰だろうと、急いで電話機を手にした。息子の涼一からだった。

「おう、八戸からか。いま何やってんだい?」洋介は訊いた。

洋介の職が断たれたため、学費が続かず退学して福島の道路会社に就職したころ、涼一はよく電話をかけてきたのに、最近は友だちも多くできて忙しいのか、向こうから掛けてくることはほとんどなくなっていた。久しぶりに八戸の仲間と遊んでいるのかと思えたが、こんなときにと、不思議だった。

「いま、母さんの病院に行ってたんだ」

何か、力のない返事だった。

「あ、そうか。母さん、まだ病院なのか。脳の腫瘍も取れたし、正月はウチに帰れるのかな？」

「何言ってんだよ、父さん。昨日ね、先生に呼ばれて、光江伯母さんと一緒に話を聞いて来たんだ」

「えっ、なんだ、どういうこと？」

いつになく強い調子の涼一の声に、洋介も畳み掛けるように訊き返していた。

「母さんね、もう、後二カ月だって……」

後二カ月という意味が、洋介には理解できなかった。

「なんだって？　後二カ月で退院できるってことか？」

「何言ってんだよ」

涼一は声をあげて、怒ったように続ける。

「持って、あと二カ月だろうって、先生に言われたんだ」

「そんな、だって転移の部分も取れて順調だったんじゃないのか」

「父さん宮城で会ったの、二カ月前だろ。その後、たいへんだったんだよ。伯母さんにさ、父さんには知らせるなって言われてたんだけど、綾香がね、そういうわけにはいかないからって」

傍には、綾香も居るようだった。洋介は、まだ信じられなかった。現状を理解しようとするのだが、事態がよく呑みこめず、気が動転していた。

「二カ月って、ほんとうなのか？」

「……」

涼一の返事はなかった。しばらく沈黙が続いて、今度は、代わって綾香の声が耳元で響いた。

「ごめんお父さん、もうね、お母さん駄目なんだよ。宮城から帰ってしばらくの間は調子良かったんだけど、転移が進んでもう治療はできないって宣告されたのよ。がんばってたんだけどね」

突如、綾香がワッと泣き始め、しゃくりあげる声が伝わってきた。

洋介にも、やっと状況が理解されてきた。宮城での治療は脳の部分だけのことで、あの時点で夏美は、既に全身が冒されていたのかもしれなかった。自分は都合よく解釈していたけれど、夏美の若さに相応して、癌《がん》細胞も増殖していったということなのか。洋介は、癌というものの恐ろしさを今更ながら突きつけられた気分だった。綾香は、痛みの緩和の治療にはまだ入っていないと言った。意識もはっきりしているし、話はできる状態だという。

「母さんね、自分でも分かってるのよ。見舞うとネ、一生懸命いろんなこと話すの。あたしの小さいころのこととか、苦しいのにね、話そうとするのよ。それ聞いてるの、あたしつらくって……」

綾香の忍び泣く声が、遠く洋介の耳に伝わっていた。洋介は愕然《がくぜん》とした。ここまで進行していたというのに、自分だけが、まったく能天気だったのだ。

「分かった。年明けて、必ずそっちに行くようにするから。母さんのこと頼んだぞ」

「早く来てあげてね」

綾香は答えて、再び声を詰まらせるのだった。

洋介は、また連絡する旨を告げて電話を切った。

――夏美が死ぬなんて、そんなはずがない。

洋介は何度も口にしていた。

しかし時間が経つにつれ、受容せざるを得ない厳然たる事実が、ひしひしと迫ってくるのだった。洋介は、電話の後に急に襲ってきた静寂に耐えられない気分でいた。

夏美の命が後二カ月しか残されていないのなら、せめてその間だけは、一緒にいてやりたかった。仔細は分からないけど、これからは、緩和ケアの治療に移るのだろうか。なら、限られた生を夏美と共にしなければと思った。

二カ月間の休暇なら、労組も許してくれるだろう。年明け早々に、星河やＪＭＩＵ本部とも、よく協議しようと思う。

だがその一方で、洋介は別の考えにも引きずられていた。裁判の進行との関わりだった。高裁の審理が一月二十日に再開されるし、自分たちの六年間への回答である判決が出されるのもそう遠くはない。この大事な時に、自分が欠けるのは致命的ともいえた。動けるのは佐伯一人しかいなくて、たたかえるだろうか。

それにもうひとつ、夏美のところに行くと言っても、手持ちの金は僅かしかなかった。これでは八戸への電車賃にもならない。八戸の阿藤に頼めば、二カ月間の下宿先は何とか便宜をはかってくれるかもしれない。だが、カネの問題だけはどうしようもなかった。組合本部に借金をすると言っても、これまで散々世話になってきた返済金がまだ残っているし、これ以上頼むわけにはいかない。

――夏美が死出の旅に向かおうとしているときに、俺はなんにもできないのか……。

争議をしながら暮らす身の悲哀を、これほど感じたことはなかった。
二〇一五年の手帳を繰って洋介は、一月の日程を睨んだまま頭を抱え込んでいた。

第三章　最期の言葉

（一）

　年が明けてから洋介は、アパートにこもりきりで忙しかった。今年は一月四日が日曜日なので、翌日から仕事始めになる組合が多いようであった。

　大晦日に、夏美の余命が二カ月しかないと知らされ、洋介は気が動転していた。しかしそれは、どうにもならない現実として受け容れるしかない。洋介は、向こう二カ月間、八戸の地で夏美に付き添い、暮らすことを決意したのだった。

　この一月二十日には、一年ぶりに高裁の審理が再開される。公正な訴訟指揮をしない裁判官の退場を願って突き付けた「裁判官忌避」は、残念ながら最高裁でも棄却された。忌避は滅多《めった》に認められないと耳にしていたので、洋介は結果を知らされても平静な気分でいられた。弁護団の果敢な努力によって、許される限りの意思表示をしていったのだから、悔いはなかった。本格的なたたかいが再開する今月の法廷で、洋介は、委員長の松橋とともに意見陳述に立つことになっていた。

八戸に行っても、もちろん必要なときには戻ってくれれば良い。カネの心配は大きかったが、これはもう組合や仲間への借金に頼るしかない。夏美の生が断たれようとしているいま、そのことへの躊躇《ちゅうちょ》は洋介になかった。医者はあと二カ月だというが、洋介は、昨年十月に会った時の夏美の、病とたたかう強い意思を感じ取っていたので、時間はまだまだあることを確信していた。半年あるいは一年というこれからの月日を思い描いていたのだ。

だが、八戸に居を移したときに要する費用について詳しく算段していると、往復の交通費が相当な額になり、事実上往き来は断念せざるを得ないと思えてきた。洋介が担っていたオルグ活動を、佐伯のほかに誰が受け持ってくれるのかは悩ましい問題で、一人で考えて答えが得られるものでもない。それに状況が変われば、同じ目的で苦労してきた仲間だし、松橋や三留が代わってやってくれるに違いないと、信頼と言おうか成り行きに任せるしかないとの気持ちが固まっていた。

洋介が元日から始めたのは、衣類の洗濯と書類の整理だった。裁判関係の大事な資料は、現在自分が預かるようになっていたので、散乱したままでなく誰が見ても分かるようにしておく必要があった。だが書類に一度目を通し始めると、つい深くはまり込んでしまい、無駄な時間を費やしてしまっていた。

それに八戸に行くまでには、季節ごとの衣類の整理もきちんとしておかなければならず、大変な作業が続いたのだった。日常的に掃除洗濯、整理整頓をきちんとしていればこんな苦労をしなくて済むのに、何もかも先送りしていたツケが回ってきた。しかし、いまとなっては仕方のないことであった。

こういう毎日になったので、正月などあったものではなく、洋介は、つくりおいた味噌汁にモチを入れる簡易雑煮で、五日間を過ごしたのである。

星河やＪＭＩＵの本部、そして佐伯らにどう連絡するかも考えて手帳に記してから、昨夜洋介は日付の変わった十二時過ぎに床に就いた。寝込んでどのくらい時間が経ったのだろう。寝返りを打った拍子に、ふいに足が攣《つ》ってふくらはぎの部分の激痛で目覚めてしまった。医者の話によると、自分の場合、冷えによって血行不良が起き、筋肉の正常な動きが妨げられるのが攣る原因だという。血流が悪くなるのは心臓の病気のせいだ。遅くまで暖房も付けず、風呂にも入らないでいたために身体全体が冷えたのだろう。洋介は身を起こしてふくらはぎに手を当て、痛みが治まるのをじっと待つしかなかった。

足の攣りに最近は悩まされている。冬場は特に、道を歩いていて突然この症状に襲われることがあるのだ。こうしたときには、その場で屈みこみ、状態が鎮まるのをひたすら待つしかなかった。自分の身体は、想像以上にぼろぼろになっているのが感じられ、最近は不安な毎日を余儀なくされているのだった。

一度攣りにみまわれると、またやってくる気がして、洋介は容易に寝付けなかった。浅い眠りの繰り返しの一夜を過ごし朦朧としていたとき、枕元に置いた携帯電話の着信音が響いた。思わず傍の目覚まし時計を見ると、針は六時四十分を指していた。

液晶画面に表示された電話の主は、息子の涼一だった。洋介は何事かと急いで通話釦《ボタン》を押した。

「あ、父さん。母さん亡くなった」

「えっ」

「いま伯母さんから知らせがあった。急に容態、悪くなったらしい。六時二十五分だって」

涼一は慌てた様子で、そこまで告げて黙り込んだ。

「そんな……」

思わず言葉を漏らしたが、返答はなかった。

「俺、これから八戸に戻るから。後でまた連絡するよ」

涼一は、ぼそりと口にして電話を切った。

洋介は呆然と立ち尽くしていた。そんなはずはないと打ち消したかった。電話は夢であってほしいと、一瞬思ったりしたが、携帯電話機の履歴画面が、冷厳な事実として残されていた。洋介は、へなへなと布団の上に座り込んでいた。

――夏美が死んだ。そんな馬鹿な、そんなことあるはずがない……。

ひとり洋介は、ぶつぶつとつぶやいていた。今日から、組合や仲間に相談して、準備を整え、やがて八戸に赴いて夏美に付き添い、最期までともにするはずだった。せめて残された時間、夏美の傍にいるのがたったひとつの希望だったのに。なんで……。

夏美が生を断たれたという、そのことが洋介にはまだ信じられなかった。これからすぐに八戸に向かおうと思う。おそらく涼一も、暮れに見舞って、主治医に二カ月の余命と告げられていたのに驚いたろう。医者がなぜ人の命を予測できるのか洋介には理解し難かったが、やはり誰も分からなかったのだ。

洋介は、急に寒さを感じて、自分がパジャマ姿のままであることに気づいた。落ち着けよと自分に言い聞かせ、急いで服に着替えて布団をたたみ、今後のことを考えようとしていた。けれども、ことを進める気力がどうしても湧いてこないのだった。

まず、あちこちに連絡をして事情を話し、休みをもらわなければならない。そして八戸の宿泊先の予約をして、次はカネのことだった。今年の一月の保護費は、昨年末に口座に振り込まれているはずだった。とりあえずそれを使えば、旅費は何とかなる。しかし、八戸までたどり着くことができても、葬儀の費用などは別だった。昔入っていた生命保険など、夏美はとっくに解約しているので、たちまちそのことも大きな問題だった。

それに洋介は、葬儀における自分の立場も考えざるを得なかった。喪主はおそらく涼一で、高畑の家として夏美を送り出すことになるのだろう。そうすると、なんの力もない自分の位置は微妙だった。おまけに年末にかけてきた電話で涼一が口にした、

〈伯母さんにさ、父さんには知らせるなって言われた〉

というひと言も気になった。今度も、もしかしたら洋介には知らせるなと、光江が言っているのかもしれない。すると自分は、八戸に行っても目障りな男として映るだろう。そうはいっても、何はともあれ夏美と対面しなければならない。洋介は心に決めて準備を始めたのだが、すべてのことに力が入らずはかどらなかった。

時計が八時を回った頃にやっと、洋介はとり急ぎ連絡をしなければと、携帯電話機を握りしめた。先ず、星河からだった。朝早くの電話に、少々不機嫌な様子で出た星河は、夏美の死を告げる

と絶句した。彼らには、宮城での脳の腫瘍の手術結果しか知らせていないので無理もない。快方に向かっていると思っていただけに、突然の死が理解できないようだったのだ。が、年末からのいきさつを話すと、やっと状況が呑みこめたらしい。そして彼は、すぐに、

「洋ちゃん、お金はあるの?」

と、訊いてきた。片道切符程度は持っていることを伝えると、通夜や葬儀の日程を分かり次第知らせるように告げて電話を切った。そして直後に、自分らの争議を担当する、組合のK県本部の人から連絡があり、洋介の預金口座に十万円を振り込んでくれることになったのだった。

そんなこんなで、八戸に向かうために洋介がアパートを出たのは、結局十時過ぎになっていた。

（二）

東武線の途中駅でJR線に乗り継ぎ、大宮駅より新幹線に乗車して二時間半後に八戸駅に着いた。そこから約三十分間タクシーを走らせて、洋介は夏美の実家前に立っていた。

腕時計に目をやると、四時十分前だった。風はやはり吹いていたが、比較的暖かい四囲《しい》に夕暮れの気配が漂っている。道の端には何時降ったのか雪が残っていた。人の出入りのないひっそりとした家の佇まいに、洋介の身は竦《すく》んだ。

夏美の死を否応なく認めなければならない、そのことへの躊躇なのかもしれなかった。思い切って玄関のチャイムを押し、中に入ろうとすると綾香が出てきた。

「あ、お父さん。いまね、伯母さんたち帰ったところなの。お兄ちゃんに健太も、友だちに会いに行くって出て行った」

どうりで、静かだったことに納得がいった。一方で、光江や達吉の姿がないことに、ホッとする気分が洋介にはあった。

床の間のある座敷に夏美は寝かされているようだった。この家はもう、建ててかなりになる。古い家の傷みが自然と洋介の目に入った。娘の一家四人を抱え込んだために、大変だった義父母の苦労がしのばれて胸が痛む。玄関口のすぐ左側の部屋で、背中を丸めた義父が、ひとり炬燵《こたつ》に入ってテレビを見ていた。たしか八十の半ばを越えているはずだが、頭がつるつるのその姿はあまりに小さく見えた。洋介は正座して、

「遅くなりました」

と、言葉少なに述べて、頭を下げた。

「おう遠くからな。今朝、急に容態が悪ぐなって、夏美は逝ってしまったんだ。年寄りを残してよ。わぁは、追ていぎたぐなたじゃ」

義父は、鼻に手を当てて啜り上げる。夏美は末娘なので父親には特に可愛がられていた。結婚を許してもらうために挨拶に訪れたとき、娘をさらっていくのかと怒鳴られて震えあがったものだったが、かつての漁師も今は、老いが目立ち、ほんとうに夏美の後を追うのではないかと、洋介はどきりとした。

夏美を看てもらった礼を述べなければと気は焦ったが、今の自分の立場でなにをどう言い表せば

よいのか、分からなかった。

「あ、洋介さん。夏美に会てけんだ」

義母が顔を見せ、夏美を安置する間に行くよう促された。一度廊下に出て座敷に向かうと、夏美は金色の刺繡《ししゆう》を施した上掛けで覆われた布団で、北枕に寝かされていた。

洋介は枕元で正座して両手をつき、深く一礼した。義母が白布をあごの方からめくると、夏美の顔が現れた。畳に手をついたまま対面した洋介は、静かに手を合わせた。薄化粧をした夏美は、微動だにせず眠っていた。何の苦しみもなく旅立っていったような安らかな表情だった。

痩せていて、以前のようにややふっくらとした顔ではなかったが、若いころの細おもての面影を取り戻していた。まぶたを閉じ口元をきっと結んだ死顔は、穢《けが》れなく澄んで見えた。洋介は食い入るように夏美に目を注いでいた。すると次第に、死というものを認める自分を感じていたのだった。

――ああ、夏美はやはり死んだのだ。

この目で見るまでは信じられないというより信じたくはなかった。だがいまは、事実として受け容れるしかないのだと、洋介は胸の内で自身に言い聞かせていた。

人は誰も死からは逃れられない。しかし、その終末はさまざまだ。ふいに洋介は、眼前の夏美を、自分が首を絞めて殺したかのような錯覚に陥っていた。四十八歳という死はあまりにも早すぎる。それに、十九の歳に共に暮らし始めて以後、最初の内はともかく、この十年余は絶えず困苦がつきまとい、苦労するために生きたような時間だったのではないか。

清らかで貴くさえ思える面差しに胸が締め付けられ、洋介は項垂《うなだ》れたままやるせない気持ちでそこから目を離さないでいた。

「わだしらもね、朝、病院に駆げつげたんだども、ほんとになさ、眠るように息を引き取ったよ。がんばったんだども、治りきらなぐて、とうとう逝っちまったぁ。代われるなら、わだしがぁ」

突如義母は、ワッと声を上げ、泣き崩れた。綾香が傍で、やさしく祖母の背をさすっていた。

「すみませんでした」

洋介は、義母に謝った。

「洋介さん、あんだぁ悪いんじゃなさ。あんだぁは一生懸命やてくれたど、わだしも父っちゃも分がてるからなさ。だんども、あんだや子どものためにもね、もっど生ぎさせでやりたかったよ。でもこの子はこったら星の下に生まれてきたんだか」

目を真っ赤にした義母の視線を受け、洋介は再び畳に手をついて詫びた。

人は哀しくても、それに浸る余裕がなければ、涙ひとつ出ないものだということを洋介は初めて知った。

夏美と対面した後、洋介は炬燵に入り、納棺から葬儀に至るまでの日程を義父から聞いた。やはり、光江と達吉叔父がすべてを仕切っているようだった。この辺は、洋介が知った関東のしきたりと違って、火葬の後に通夜、葬儀という流れとなる。明日が納棺でその三日後の十日に出棺し、火葬する。そしてその夜が通夜で、翌日の午後から告別式という次第だった。場所は市の中心部のセレモニーホールでおこなうという。喪主はやはり涼一であった。

葬儀の費用などについて義父は一切話さなかった。もとより聞いても何の力にもなれない自分だったが、誰が負担するのかは気になるところだった。察するに、高畑家として出す葬儀をみっともないものにしてはならないと、相応の式にすべく光江たちで決めたようであった。老親も当然持つのだろうし、そのことが申し訳なく思えたが、どうにもならないことだった。

話の途中で、洋介の知らない親戚の人が弔問に来たようだった。洋介はそれを機に、辞することにした。明日の納棺の時刻を聞いて、綾香にタクシーを呼んでもらった。綾香は車で、「ホテルまで送るよ」と言ったのだが、洋介は断った。疲れ切った祖父母が、弔問客に対してきびきびと応対している孫娘に、頼り切っていることが分かったからだった。

本八戸駅近くのホテルに戻って、洋介は星河や組合本部、そして佐伯らに連絡のメールを次々と送った。しばらくして星河から、

〝突然のことで言葉もないけど、気をしっかり持って、奥さんを送ってあげてください。皆さんと相談して、お香典というか、洋ちゃんを支えてくれた奥さんへのせめてもの気持ちを表わす「志」を寄せていただく呼びかけをすることにしました。とりあえず、一定の額を口座に送金しておきますから、通夜にはそれをお供えしてください。

星河〟

ＪＭＩＵ本部の書記長、Ｔ県、Ｋ県の地方本部の役員からも、「お悔やみ」のメールが次々と送

信されてきた。通夜で香典をどうしようかと思案していただけに、星河らの細やかな配慮がありがたかった。

翌日は、よく晴れた日であった。が、西南方面からの強い風が吹き荒れ、日中もおそらく零下を記録していると思われる寒さだった。午後になって洋介は、夏美の納棺の儀の始まる時刻に高畑の家に向かった。

納棺は、近親者だけでおこなわれるとのことだった。子どもたちも全員揃い、光江が仕切る形で儀式が進められた。少し遅れて達吉叔父がやってきたのに、洋介は少々驚いていた。目礼しただけで、二人は声を交わさなかったが、自分に向けられた、射るような眼差しが洋介には痛く感じられた。

達吉は、夏美の亡骸《なきがら》と対面するのは初めてのようで、

「夏ちゃん、ごめんな、ごめんなさ」

と、涙しているのだった。大の男がこのように取り乱す姿を、洋介は目にしたことがない。なぜ夏美に謝るのか自分には知りようがなかったが、複雑な思いで洋介は、達吉の嗚咽《おえつ》を遠く耳にしていた。

両親や子どもたちはそれぞれ、白装束で包まれた遺体に、旅立つ支度を整える所作で忙《せわ》しなく動き回っていた。故人と向き合う近親者だけの時間として、納棺には重要な役割があるそうだ。が、達吉はてきぱきと手伝っているのに、洋介に声がかかることはなかった。仕方なく洋介は、後ろに突っ立ち見守る格好になっていた。夏美が生前に愛用していたものなどを棺に納めて儀式は終わっ

た。

八戸市を中心とした青森の南部地区では、遺族や近親者で通夜をおこない、一般の弔問者は葬儀に参列するのが普通らしい。達吉を囲んで、通夜や告別式についての相談がおこなわれていた。達吉は涼一に、喪主としての心得、作法などを教え込んでいた。ここでも洋介は余所者《よそもの》で、居心地悪く隅に座っていたのだった。

ほぼ打ち合わせを終えて、女性たちの喪服の話になったとき、涼一が、

「あ、俺、礼服持っていないんすよ」

と、声を上げた。

「あら、社会人になってるのに、礼服もないの。でも今からじゃ間に合わないかもしれないね。借りるしかないか」

光江が答えた。

「わたしのスーツも合わなくなってるのよ。最近太っちゃったからさ」

綾香が照れたように言う。

「じゃすぐ葬儀屋さんに連絡ね。お母さんも喪服借りるよね」

衣装の話が出て、洋介は思わず我が姿を改めて見てみた。とり急ぎ礼服は身につけてきたものの、ずっと昔に買った古着のようでしかなかった。これを着て、通夜や葬儀に列席するのは、親族らの手前気が引けた。洋介は思わず、

「すみません、ぼくの服も借りたいんで、一緒にお願いします」

と、口にしていた。

瞬間、光江は洋介をちらりと見たのだが、何も答えなかった。場に気まずい沈黙が訪れていた。達吉の咳払いが耳に入った。光江が急に立ち上がった。

「洋介さん、ちょっと」

そう声をかけると、光江は廊下に進んで洋介を手招きし、障子戸を閉めた。狭い廊下に洋介は、立ったまま光江と向き合っていた。

「洋介さん、葬儀は高畑家で出すのよ。分かってるでしょ」

「えっ、はいっ」

光江は目を逸らして、ちょっと考えるふりを見せた後、思い切ったように、

「あなたは、高畑の家の者じゃないでしょ」

と、口にした。

「それは……」

「そういうことだから」

洋介は何か返さなければと焦った。が、具体的な言葉が出てこない。すると光江は、自分の返答を無視するかのように、さっさと居間に戻って行ったのだ。

放心したように洋介が突っ立っていると、今度は父親が入れ替わりやってきて前に立った。

「すまん」

いきなり父親は、膝を曲げて屈みこみ、謝った。

「いろいろあってなさ。悪いが、四十九日は身内だけでやるがら、来でやってけんだ」

洋介は、再び頭を下げようとする父親の肩に手を添えて、止めた。この親族にとって、疎ましい存在でしかない自分を、洋介は思い知らされた。夏美を送る場に自らの居場所がないのだとすれば、それもやむを得ないことだった。

「分かりました。そうします」

「悪い、すまねなさ」

申し訳なさそうに、父親は繰り返した。障子戸を開けて居間に戻ると、綾香がいまにも泣き出しそうな顔で、洋介を見つめていた。

こういう結論になった以上、自分がここにいる意味はなかった。洋介は、黙って一礼をし、部屋を出て玄関に向かった。綾香が追いかけてきた。

「お父さん」

洋介は、心配するなという思いを込めて笑顔をつくり、

「タクシー会社の電話番号、分かってっから。明日また来るからさ」

と、陽気に返して表に立った。

風が冷たかった。玄関先で見送る綾香に手を振って、洋介は歩いた。少し頭を冷やしてから、タクシーを呼ぼうと考えたのだった。

思えば、昨日、八戸に向かう時から、もしかしてと、このような場面を想定しないわけではなかった。自分は甘かったと思う。しかし、光江を恨む気は洋介になかった。幸せで安穏に暮らしてい

た妹が早世したのなら、光江の態度はこう頑なでなかったかもしれない。だが、不遇の妹を送る公式の場に、そうならしめた張本人が座ることを許せなかったのだろう。それに、達吉をはじめとする親類の者たちの、洋介に対する厳しい目を意識しているのだと思えた。

冷たい風が容赦なく洋介の身を打ちつけてきた。身震いするような冷気だった。

――これが世間の風か……。

洋介はコートの襟を立て、思わずつぶやいていた。

三日後の通夜そして葬儀の場に自分が出られないとなると、このまま八戸に居る意味はない。二十日の高裁審理の再開に向けて、自分にはたくさんの仕事があった。明日、夏美に最後の別れをして、T県に戻ろうと、洋介は決心した。

吹き付ける風が身に入るのを防ごうとして、洋介はマフラーを巻きなおした。本通りに出ると近くにバス停がある。そこに着いてからタクシーを呼ぶつもりで、洋介は早足で歩いた。

（三）

八戸駅構内の橋上待合室の中から、洋介は下を走る新幹線のホームをぼんやり見つめていた。ホームの真上に設けられた待合室なので、ここからは、張られた架線や新幹線の車両上部の構造が眺められるのだった。洋介は東京方面から、新青森駅の方向に進む列車の動きに引き込まれ、じっと目にしていた。

今日は午前十時過ぎに高畑の家を訪れ、夏美に対面して別れを告げ、星河が当座にと工面してくれた香典を供えてきた。家を後にして洋介が駅に行こうとしたとき、綾香が〈送っていくよ〉と言って、夏美が通勤用に使っていた軽自動車に乗せてくれたのだ。駅に着いてから、時間に余裕があったので、待合室で過ごすことにした。綾香も一緒にここまできたのだが、買い物があるらしく、売店を覗きに行ったようだった。

先ほど夏美と会ったときには、少し落ち着きを取り戻していて、

――俺が折角《せっかく》八戸に来て、二カ月間一緒にいようとしてたのに、なんで先に逝っちゃうんだ。

と、愚痴のひとつもこぼしたくなった。が、八戸を離れる選択に対しては、

〈あなた、大事な裁判があるでしょ。わたしのことはいいから、はやくT県に戻りなさいよ〉

と、夏美に後押しされる気がしたということもあり、葬儀に出席できなくても、洋介にはもう、思い残すことは何もなかった。

「お父さん、お弁当買ってきたよ」

綾香が、白い袋を提げて立っていた。

「悪いね、ありがとう」

暖かい待合室の窓際に据えられた、木製のベンチに二人は座っていた。すぐに帰るのかと思っていたのに、綾香は発車まで見送るつもりのようだった。洋介は袋の中を覗いてみた。ふたの部分に「さばを極める三つの旨さ！」と記されていて、中身の酢飯の上に、鯖味噌《さばみそ》のたたき、しめ鯖、蒲焼き風の鯖がそれぞれ置かれたもののようだった。弁当の脇には、缶ビールが一本入っていた。

傷心の父親を、娘なりに気遣ってくれたのかもしれない。いつもは陽気で大雑把なところのある娘なのにと思うと、洋介は弁当を見ていてグッときてしまった。

「伯母さんたち、ひどいよね」

ぽつりと綾香は言った。

「……」

「あたし言ったのよ。そりゃお父さんおカネはなかったけど、お母さんのために一生懸命つくしてた。お母さん、ぜったいお父さんにいてほしいと思ってるよってね。お兄ちゃんも言ったわよ」

綾香は、やや口を尖らせて、続けた。

「するとね、達吉叔父さん、言うのよね。洋介は高畑家の者じゃない。けじめだって。あたし言ってやったわ、誰のためのお通夜で誰のための葬儀なの？　おかしいじゃないって。お兄ちゃんがもうちょっと頑張ればいいのにね、叔父さんたちの前じゃ、何も言えないのよ。長男って駄目ね、あたし頭ッ来たわ」

怒りがまだ収まらないといった調子で、綾香は訴えるのだった。

「そうか、ありがとうな。でもね、義姉さんだって、俺が憎いからああしたんじゃないよ。母さん辛い死に方したからな、俺があの場に居れば、きっと親族の人たちが怒って、揉め事が起きるかもしれない。お母さんを静かに送ってやりたいって、そういうことなんだよ」

洋介はゆっくり、諭すように口にしていた。光江に言われた瞬間は冷静でいられなかった。だが時間が経つにつれ、洋介は平常心を取り戻していたのだ。

「そうか、あそこでケンカになれば、お母さん悲しむものね。お父さんさすがね、黙って引いたんだもの。あたしなら、あそこでバトルよ」

綾香は、気持ちが治まらないようだったが、やがて黙った。

洋介はこのとき、ダウンコートを羽織ったセーター姿の綾香の、健康そうな胸のふくらみに何気なく目が行っていた。四年前の高校三年のとき、綾香は胸に出来た千グラムを超える葉状腫瘍を摘出した。右の胸はほとんどなくなり、左もほぼ半分しか残らなかった。医者は五年間の経過観察が必要と診断したが、良性の腫瘍だったのでその後は順調で、いまは完治したといって良いだろう。が、外観では分からないけれども、胸を失くしたという心の傷は、消えてはいないと思えた。

それは洋介が職を奪われ路頭に迷う身となった、一年後のことだった。当時、〈どうしてこんなになるまで〉と思いはしても、それは口に出せなかった。急速に進行したとのことだが自覚症状はあっても、父親が解雇されて以後一家の生活を支えて働き詰めの母親に、金のこともあり言い出せなかったのかもしれない。そうした娘の心中がいじらしく、知らせを受けて洋介の胸は痛んだ。

夏美は、電話口でそれを言って、

〈若い娘なのに、わたしが代わってやりたい〉

と、早くに気づいていたならと自身を責めたのだった。

たまに八戸に帰省しても、綾香とゆっくり話をする機会はほとんど持てていなかった。彼氏との付き合いは今も続いているようなのがせめてもの救いだったが、すまないとの思いは今も洋介の胸深くにくすぶっているのだった。

「あ、お父さんね、あたしが見舞いに行くと、お母さんが、お父さんのことといっぱい話したって前に言ったでしょ。そのときね、あたし忘れないようにスマホに入力してたのよね。あとで整理して、メールで送ってあげるからね」

にっこりと微笑んで、綾香は洋介を見た。

これまで綾香は、どちらかというと自分似だと思っていたのに、若いころの夏美にそっくりの表情を発見し、一瞬、目が吸い寄せられていた。

「なによ、あたしの顔に何か付いてる？」

「いや、こうしてみると、お母さんに似てるなと思ってさ」

「あたりまえでしょ。親だから、どっかは似てるよ」

綾香は笑い飛ばした。

「ところでね、裁判いつまで続くの？　まだまだ終わらないんでしょ」

突然、綾香は話題を変えた。

「そうだな、今の様子だと、あと二年はかかるかな」

先が見えているわけではなかったが、洋介は答えた。

「あたし準社員で入ったでしょ。だからいくらガンバっても正社員にはなれないのよ。社員の人と同じように仕事して、あたしなりに努力していろんな提案もするし、成績上げてるって思ってるよ。でもね、毎月の手取りが十五万円じゃ、空しくなるよ」

全国展開をしている名の知れた電器店の店員が綾香の仕事だった。専門学校に行って、服飾関係の仕事につきたかったという彼女の夢も、洋介の失職により断たれた。そうした経過があっての現在なのだった。

「そうだよ。とんでもないよな」

「あたしよりもっと条件の悪い人がいるよ。パートの小母さんたちは旦那さんの扶養だから仕方ないとしても、男の人でね、アルバイトで雇われたからずっとそのままっていう人もいるしさ。お父さん、こういうこと変えるために裁判やってんでしょ」

「そうだ。このままじゃ日本中が、臨時や準社員に、派遣で働くような人ばかりになってしまう。一握りの金持ちがいて、極端に貧しい多くの者で溢《あふ》れたんじゃ、国は壊れてしまうだろう」

「そういうところに正面からぶつかってるんだ。エライね、お父さん。でも日本って変なところがあるじゃない。あたしには変わっていくって思えないんだけどなぁ」

くるりと身をよじった綾香は、窓の方に視線を移し、遠くを見つめるようにして言った。

「でもね、黙っていたら終わりだ。たたかう者がいるから、おかしなことは変わって、なくなっていくんだよ」

「そうか。やっぱりおかしいものね。それって、よく分かるよ」

綾香は素直にひとり頷《うなず》いていた。洋介の脳裏にふと、先だっての原画展会場で、〈あなたのような方がいるのは希望です〉と励ましてくれた婦人の姿が思い浮かんだ。綾香にそのことを話そうかと思ったが、何となく自慢話のように感じられて、洋介は口を噤《つぐ》んだ。いま彼女に十分な理解が得られなくても、裁判に勝てば、正しいことは通ると、認識も変わってくると思えたからだった。

新幹線の発車時刻が迫ってきたので、ホームに移動することにした。綾香も付いて来て、到着した車両に乗る際に弁当を手渡してくれた。

電車は定刻に発車した。ホームに立って、手を振る綾香の姿に、洋介は救われたようなさばさばとした気分でいた。父親を気遣い、ずっと付き合ってくれた娘の優しさに、洋介は感謝した。十日の火葬の日には、遠くT県から、ひとりで送ってやればよいのだと決意すると、清々しい気分になったのだった。

新幹線の車内は空いていた。自由席の最後尾に座って洋介は、ビールでのどを潤しながら弁当を食べ終えると、これまでの緊張がとれて浅い眠りに陥っていた。

（四）

T県に帰ってから洋介は、珍しく整理された自室で、虚脱状態にあった。風邪を引いたらしく熱があり、昨日から寝込んでしまった。何も食べず、布団にくるまったままで、起き上がる気力もなかった。よくこんなに眠れると思うくらい、八戸から戻った日は昏睡が続く状態だった。

食欲もなくぼんやりとしていると、得体のしれない喪失感が襲ってきて洋介は苦しめられた。何より八戸の病院で、光江に遭遇し、夏美に会わずに帰ったことなどが悔やまれるのであった。

あのとき一週間でも共にすべきだったと、洋介は自身を責めた。宮城の病院で縋《すが》り付いてきたとき、夏美は、自身の行く末を分かっていたのではないか。死への恐怖に怯える日々だったのに、良くなると一方的に思い込んでいた、自分の浅はかさを許せない気がしていたのだ。それにいまとなっては、夏美が読んだかどうかは分からないものの、あんな手紙やメールを送ってしまったことも、悔いの理由となっていた。

そういったことを考え始めると、次々と湧き起こる負の想念に、引きずられてしまう。三ツ星を追い出されて以後、たとい自分の命が縮まったとしても、争議などせずに懸命に働いていれば、やがて死にゆく夏美も、無理をせず、ゆっくり治療に専念できたのではないか。達吉叔父の言うとおり、夏美は結局、自分のせいで死んでいったのではないかという罪の意識に苛まれた。するともうこの世に夏美は居ないのだから、たたかう意味はなくなったのではないかとさえ、思われて来るのだった。

今日は、夏美が茶毘《だび》に付される十日だった。朝起きて、汗で濡れたパジャマを脱いだとき、洋介はハッとして気づいた。熱も下がってきたようなので、身体を温めるために風呂を沸かして入った。そして出棺の時刻には礼服に着替え、八戸の方角を向いて正座した。

この日だけはストーブをつけて、静かに目を瞑り、夏美との思い出に浸ることにした。自分だけの儀式だったが、洋介は満足していた。一時間ほどそうして済ませてから、昼には、食欲はなかったけれど何か口に入れなければと、モチを焼いて食べたのである。

一応のけじめをつけると、この二十日の高裁審理再開に向けて、組合、弁護団とも懸命に集中しているときなので、とにかくパソコンを立ち上げ連絡だけは受け取らなければならないことに思い至った。自分は当日陳述に立つという役もあり、弁護士さんと至急に内容についての打ち合わせもしなければならないのだった。

だが、それらのことを考え気は急いても、どうにも身体に力が入ってこない。風邪からは抜けられた気がするが、脱力感はどうしようもなかった。

礼服を脱いでジャージに着替え、その上にセーターを二枚着込んで炬燵に入りぼんやりしていると、携帯電話のメール着信音が響いた。組合や裁判関係のものなら、いまは勘弁してほしい、という気分だったが、発信者は、綾香だった。洋介は急いで、メールを開いた。

〝いま火葬場でお骨を拾い、帰ってきたところなの。人間って最後はああなるのね。お母さんほんとうに、白い小さな塊になってててショックだった。落ち込んでたのだけど、家に帰ってお父さんとの約束を思い出したから、きちんと整理されていないけど、今から送るので我慢して。

お母さんの容態が急に悪化する三日ほど前かしら、その日は少し具合が良かったのか、お母さんね急にあたしに向かって、お父さんのことしゃべり始めたのよ。なんかお母さん、いつもと違っていて、お父さんに伝えるのを頼まれたような気がしたからね、読んで。〟

一行空けて、ここからは夏美の語りのようだった。洋介は、はやる気持ちを抑えて画面をシフトして文字を追った。

〝――お父さんね、裁判なんて始めるって言ってきたから、ああやっぱりと思ったの。お母さんはね、裁判なんてやってほしくなかった。涼一の学費のこともあるしね、早く勤め先を見つけて働いてもらいたかったのよ。以前はね、毎月十五万円はきちんと送ってくれていたし、そうねもっと多くて二十万円のときもあったかな。単身赴任で大変だったと思うけど、わたしたちのために懸命だったんでしょうね、ありがたかった。それが突然無くなるのだから、目の前が真っ暗になったわよ。

わたしは反対したけどだめだった。お母さんと同じで、あの人頑固なところがあるからね。それに、なんていうか、まっすぐすぎるくらい、まっすぐなのよね。

八戸の会社で、お母さんもいっしょに働いてたから分かるのだけど、エリアマネージャーまでやって、仕事はできても、うまく立ち回れない人なのよね。もうちょっと要領が良ければ残れたはずなのに、上の人にも、おかしなところがあればおかしいと、正面からぶつけていく人だったからね、真っ先にリストラされたわよ……。

それから自分で商売始めたでしょ。元々自己資金がそうあるわけじゃないのに、人を雇うまでして広げたのよね。八戸じゃ土台無理だったのよ。ガンバッたんだけど借金ばっかりたまっていってね。

見栄っ張りのところもあるから、ローンで立派な家建てたでしょ。当時は調子よかったから、お母さんも何とかなると思ってたよ。でも、こわいね商売って。落ち始めると地滑りのようだった。家も手放さなきゃならなくなって、つらかったよね。綾香も、あの家を出るときは泣いて困らせたものね。

おじいちゃんやお姉ちゃんからは、洋介は疫病神だって言われるしね。でもね、お父さんが悪いんじゃないのよ。あの人はね、手抜きをしないでいつも全力で向かってたの。でも世の中にはね、ツイテないっていうか、そういう人いっぱいいるでしょ。

三ツ星を放り出されてね、許せないからたたかうって言うんだもの。わたしも仕方ないから応援したわ。でもね、二年くらいで終わると思ってたのよ。ところがもう六年近くでしょ。なのにまだ、見通しも立っていない。お父さん、心臓も悪くして深刻でしょ。

生活保護で、自分は月に六万円ちょっとしか入ってこない。それなのにね、毎月一万二千円わたしの口座に振り込んでくるのよ。月、五万円で生きていけるのかって驚いたわ。何かほかに収入があるのって聞いたら、ないって言うじゃない。びっくりした、食べるものも食べないで送ってたんでしょうね。そんなことしてると死んじゃうから、もう止してと言ったの。けどね、あの人ガンコだから、これはけじめだっていうの、バカだよね――〟

〝ごめんお父さん。ほかにも何か言ってたけど、このときのことあたし、よく覚えていないの。青白いお母さんの頬が涙でぬれてた。あたしもいっしょに泣いちゃったのだけど、知らなかった。お父さん、そこまでしてたのね……〟

文字の色を変えた、綾香のコメントが途中で記されていて、その後に再び文は続いていた。

〝──そうだ、綾ちゃんがね、胸に腫瘍ができたとき、四十万円ものお見舞金いただいたの覚えてるでしょ。お父さんね、わたしが病気になったときも帰って来たでしょ。いつも手ぶらじゃないのよね。おカネの額、それも少しじゃないの。おカネなんてあるはずないのに、最初はどうしてかとびっくりしたの。まさかサラ金とは思わなかったけど問い詰めたのよ。そうしたらね、『ほんとに困ったときには、助けてくれる、そういう人が俺の周りにはたくさんいるんだよ』って、自慢そうに言うじゃない。せちがらい世の中なのに、そんなことしてくれるって信じられる。でもわたしたちは、三度も多くの見舞金で助けられたのよね。

この間もそうだった。この数年間、親戚の人たちにもね、おカネの工面をお願いするばっかりで、いい加減疲れてたの。光江伯母さんはね、優しい姉さんだけど、実の姉妹ったって、おカネのことでケンカもするし、もう嫌になっちゃってたの。宮城の病院で四十七万円かな。おまけに後で、追加分として十三万円も送ってきたのよね。わたしのために見舞金、六十万円もいただいたのよ。おそらく何百人もの人たちがお父さんのために、カンパっていうの、募金して集めてくれたのでしょうね。

わたしね、よく分かったの、だからこの人はやれるんだなって。こういう人たちに囲まれていて、お父さん、幸せだなとつくづく思った。

わたしはこれまでにね、そういう人に巡り合ったことはなかったけど、人間っていいものなんだなと、わたしまで幸せな気分になっちゃった。綾ちゃん、わたしたちの一家はね、見知らぬ大勢の人たちに、ほんとうに助けられてきたのよ、忘れないでね──〟

夏美の語りは、ここで終わっていた。

〝ごめん、お母さん疲れてきたみたいで、終了ね。もっと話したかったようだけど、結局ね、ちゃんと聞き取れたのはこの日が最後だった。お母さんの口から初めて聞いたこともあったんだけど、お母さんのお骨を拾いながら、あたしね、お父さんに伝えなくちゃと思ったの。このあと、お母さん何を言いたかったのか、今となってはわからないよね。でも、お母さん不幸だったかもしれないけど、お父さんには感謝してると思ったよ。だからさ、落ち込んでいないで元気出しな。無理しないで、心臓、気をつけてネ。

綾香〟

洋介は、何度も繰り返し、メールを目にしていた。夏美が、このようにメッセージを託してくれていたのが嬉しかった。自分を選んだのを生涯の悔いとして、恨みながら死んでいったのではないかと思っていた。が、夏美は力を振り絞り、強く生き抜けと最期の言葉を残してくれたのだ。こぼれ落ちた涙のしずくに濡れた液晶画面を指でそっと拭いて、夏美に感謝しながら洋介はもう一度メッセージを読み返した。

——ありがとう夏美。俺、クヨクヨしてちゃいけないよな。

夏美に向かってそうつぶやくと、気持ちを新たにすることができた。

洋介は、やっとパソコンを開く気になった。

メールを開けてみると案の定、組合や裁判関係のものがドサッと送られていた。文面を見てひとつひとつ返信していると、一時間ほど要したのである。

最後に星河から今日送られた最新のものがあった。

〝奥さんのご逝去への「志」の呼びかけについて〟という表題だった。

〝洋ちゃん、携帯メールでお知らせしたとおり、標記の呼びかけをいま、関係各位にお送りして取り組んでいます。すぐには届けられないと思いますので、少し時間をください。参考までに呼びかけ文を添付しておきます。

星河〟

ファイルは、PDFで作成されたものだった。開いてみるとそれは、黒い枠のなかに綴られていた。〝五味洋介さんの夫人のご逝去に際して〟という表題で、最初に夏美が死去した経緯を簡単に知らせた後に、うったえが記されていた。洋介は文面を追った。

〝四十八歳になったばかりという夫人との、あまりにも早い別れは酷で、私たちには言葉もありませんが、冷厳な事実を受け止めるしかなく、心からご冥福をお祈りしたいと思います。

T県で悲報を受けた五味さんは、ちょうど保護費の受給の後でしたので何とか八戸に駆けつけることができました。しかし平素から、たとえわずかでも一家のために、と送金されていた五味さんには蓄えがまったくありません。こうした事態に私たちも思案しましたが、皆様の連帯の一助にお縋りするしかなく、夏美さんへの哀悼と五味さんならびに一家への励ましの意をこめた志を届けるための、ご支援を呼びかけさせていただくことにいたしました。まことに心苦しく存じますが、お力添えのほどよろしくお願い申し上げます。

三ツ星「非正規切り」裁判のT高裁における控訴審は、この一月二十日（火）午後二時から一〇一号法廷で再開されます。ショックで落胆を隠せなかった五味さんですが、私たちの前では気丈の様子でしたし、この日も、きっと堂々たる陳述をおこなってくれるものと思います。「非正規切り」と夫人の病気は直接に結びつくものではありませんが、それにしても、五味さんが三ツ星で普通に働けていたなら、夏美さんも病と安穏に向き合うことができたでしょうし、厚い看護も可能だったはずです。

このような胸痛む結果に直面しますと、人間無視の三ツ星の悪行と裁判所の罪深さに、私たちはあらためて、腹の底からの怒りを禁じえません。

厳寒の日が続きますが、皆様にはお身体ご自愛くださいますよう祈念しまして、僭越《せんえつ》ですが呼びかけとさせていただきます。

二〇一五年一月

友人代表〟

洋介は、画面に向かってお辞儀をした。友人代表として、三人の名で呼びかけてくれたのもさまざまな配慮からと思えた。早速に行動を起こしてくれたことを、夏美は、「四度目ね」というだろうかなどと思いながら、洋介は星河に礼を述べて返信した。

(五)

二〇一五年一月二十日、午後二時。一昨年十二月に裁判官忌避を申し立てて以来、実に一年余を経てのT高裁における審理再開であった。

裁判官の忌避は受け容れられなかったが、この日、裁判長は代わっていた。左右陪席の裁判官は同じなので、高裁が配慮したのか通常の人事によるものか、詳しいことは知らなかった。ただ、裁判長が交代したので、今日は特別に更新の弁論がおこなわれることになったらしい。

民事裁判には、弁論や尋問の審理に関わった裁判官自身が判決を下すという直接主義の原則が貫かれているそうで、この場合、直接主義を形のうえで満たすため、従前の結果を改めて陳述し、弁論が更新されるのだという。

そうした経緯もあり、八人の弁護団が論点を整理した更新弁論で臨み、原告では委員長の松橋浩二と洋介が陳述をおこなうという、総力をあげての構えだった。

本日の口頭弁論の最大のポイントは、一昨年の十二月に前裁判長が、原告側が求めた三ツ星の社長の本人尋問を採用せず「結審」にしようとした不公正な指揮に対し、当方が裁判官全員を忌避することとなった経過もふまえて、裁判所がどのような判断を示すかであった。三ツ星の細江社長の尋問採用があるのか、それとも結審して判決日の指定に向かうのか、本裁判の行方を決める最大の山場なのであった。

洋介は、気持ちを引き締めながら原告席に座って、すぐに傍聴席を見回した。席は全て埋まっていた。三ツ星側の関係者もいるが、殆どは洋介たちの支援者である。

いつも法廷で、前から傍聴席に目をやり、九十を超える席が支援の人たちで埋められているのを確認すると、

――ああ良かった。

と、ほっとする。そしてそのたび、これからやるぞという内なる力が湧いてくるのだった。入廷した裁判官が、真っ先に傍聴席を見わたすようにして視線を走らせるのを洋介は知っていた。この一瞬は、裁判官にとっても緊張のときなのだと思える。

満席の傍聴者の意気込みが伝わってくるような場で裁判が始まるのは、洋介たち原告にとって、有難いことだった。北関東のT県や南関東のK県からここまで足を運ぶというのはそう容易ではない。なかには夫婦で来てくれる人もいる。支援組合の代表として駆けつける人たちは、仕事を休んでの出席だ。公正な判決を求める気迫が、前に座っていてもひしひしと感じられたのだった。

最初に、今日の更新弁論の進行について、裁判長と双方弁護団の間でやりとりされた後、松橋がトップバッターで陳述に立った。

証言席の松橋は、四十六歳のときに解雇された。当時は、テレビや新聞などに登場し、若々しく格好良い委員長として注目を浴びた。一躍有名人になったので、地元の同級生らからは、〈テレビに出れば出演料もらえるんだろう〉などと、言われたそうだがそうした事実はない。しかし彼は、

巷《ちまた》で顔を知られた存在となったために、T県の田圃《たんぼ》道でも〈立小便なんてできないよ〉と、こぼすほどだったのだ。

マスコミというのは元々そういうものなのかもしれない。洋介自身出演した二〇〇九年当時のニュースショー番組のキャスターやディレクターの人からは、〈ぜひ、また来てくださいよね〉と言われたものだった。当初、熱心に松橋を追いかけていたある大新聞の記者は、書いても書いても没になると、こぼしたそうだ。すると彼らも、新聞記者であるかぎり、「載せられない記事」は自然に書かなくなるのだろう。

ひと頃は寵児《ちょうじ》になった松橋や自分なども、いま彼らの目からは「化石」のように見えてるのかな、などと思ったりもした。現在の松橋は、五十を超えた中年男だ。六年間の苦労は、あの彼の格好よさを奪い、普通の小父さんのようになったと洋介の目には映るのだった。

松橋は洋介と異なり期間社員であった。彼は、三ツ星が二〇〇二年当時、約二千五百人の技能職正社員を退職させる一方で、二千人を超えて非正規労働者を雇い、派遣会社と雇用契約を結んでいた労働者たちを、直接、指揮・命令をして働かせる、違法な偽装請負に切り替えていった歴史について、職場の先輩から耳にしたことなどもまじえて整然と述べた。そしてこれらの労働者は、正社員とまったく同じ仕事をしながら、その年収の四〇〜六〇％程度の低賃金で違法に働かされてきた事実を指摘したのだ。

続いて松橋の陳述は、自身と、三留、見瀬、植村の四人の期間社員に対する「雇い止め」が、三ツ星にとって必要のない経営状況だったことに移っていた。「雇い止め」とは、ある期間を定めて雇用契約を結んだ従業員に対し、会社が契約の更新を打ち切って辞めさせることを言い、正社員なら解雇に相当するものだ。

つまり三ツ星は、リーマン・ショック後の二〇〇九年四月の時点で、すでに右肩上がりの業績の回復を予測していて、事実そのとおりのV字回復を成し遂げ巨額の利益を得た。ところが雇用継続を求めていた自分たちの労組との団体交渉において、会社がこの予測グラフを隠していたことを松橋は指摘し、非正規労働者の雇用の維持は可能だったのであり、三ツ星は責任を取るべきではないかと迫ったのである。

この点は、地裁から高裁にいたる審理において最大の争点となった事項であった。細江社長は公式の記者会見でも、景気回復の予測を発表していた。この内容だと、三ツ星は業績悪化を理由に松橋らの雇い止めをできなかったのである。ところがT地裁は、〈実務の世界ではこのような認識はございませんでした〉と、社長の見解を否定した生産・販売を管理する本社部長の証言を根拠に三ツ星を勝たせた。だからトップを証言席に呼び、〈事実を明らかにしようじゃないか〉、というのが当方の一貫した主張であり、松橋は、この点を再度強く主張したのだ。

そして以後、松橋の話は、自分たちが現在強いられている、生活の実態に及んでいった。

それまで松橋は、時おり証言台に置いた文書に目をやりながら陳述をおこなっていたのだが、ここにいたると、あらためて背筋を伸ばし、裁判長を正視して喋り始めた。

「私は二〇一一年の四月からT保健医療生活協同組合で非常勤職員として働いています。昨年の年収は約二百万円で、三ツ星で働いていた時の収入と比べると半分ほどになります。いつもギリギリの生活をしており、争議の支援者からお米や野菜などをいただいて、何とか食いつないでいます。私とT工場の同じ職場で働いていた三留さんは、気温が四十度にもなる夏場や零度以下の雪の日にも現場に立ち続け、警備会社のガードマンの仕事をしています。少ない時には月の手取りが十万円を切ることもあり、年収にすれば百五十万円そこそこなのです。食べる苦労だけでなく、健康保険もなく、医療も受けられない苦しい生活をしています。でも、こういう状態であっても、他の原告らも皆、再び三ツ星で働けることを夢見て、必死で頑張っているのです……」

ここまで松橋はよどみなく述べた。が、彼は、裁判長に向けた目を急に下に移すと、両手を机上に置いて身を支えたまま、言葉を詰まらせた。

陳述は、原告としての思いを裁判官に向かって直接述べられる、唯一の場だった。裁判官に訴えていて、この六年間の苦しかった日々が思い出されたのだろう。洋介には松橋の胸の内はよく分かった。

少しの沈黙の時間があったが、松橋はしっかりと裁判長を見すえ、

「私は、裁判所に、三ツ星の不当な雇い止めと派遣切りの責任をきちんと認定していただきたいと思っています。そのためにも、三ツ星の細江社長の尋問を採用し、私たちを雇い止めする必要がなかったことを明らかにする機会を何としてもつくってほしいのです」

と述べ、公正な判決を望む意思を最後に表明して、陳述をしめくくった。

冒頭陳述の大役を終えて松橋は、すっきりした表情で原告席に戻ってきた。ここからはいよいよ、弁護団の登場だった。

この日の弁論はまさに、背水の陣で臨んでいた。洋介にとっても、夏美の死に浸っている時間はなかった。特にこの一週間、自分の陳述内容をどう書くかで大変だったが、担当の先生の付きっきりの応援で何とか仕上げた。更新弁論に際しての弁護団の苦労は並大抵でなかったと思う。

角野弁護団長は、昨夜も、弁護団会議を遅くまで開き、檄を飛ばしていた。弁護団の中では一九四六年生まれの最年長で、「大衆運動と結びつき、労働者・農民・勤労市民の権利の擁護伸張を旗じるしとする。」と広辞苑でも紹介されている弁護士の団体である、「自由法曹団」の幹事長を最近まで務めていた人だ。

最初にK県の先生が立って、三ツ星がおこなってきた、「非正規への置き換え」「偽装請負」「派遣法違反」、そして洋介や佐伯らになされた、「派遣元との共謀による契約形式の仮装」が、「常用代替え防止原則」「解雇権濫用法理」から逃れることを目的とした組織的脱法行為に他ならない旨を鋭く論証した。

そして高裁が、一審のT地裁が見逃したこれらの脱法を許さず、被告の雇用責任を正面から問うことこそ、「日本国憲法の保障する労働権・生存権を実効化するものであり、司法に期待される憲法的責任を全うする唯一の道である」と、裁判官席を見すえて理路整然と繰り広げたのだった。

二番目は角野先生であった。松橋、三留、見瀬、植村ら期間社員に対する雇い止めは、三ツ星の「権利濫用に該当し、信義則上許されない」というのが主な論点で、松橋が先に求めた、社長の証人尋問を認めさせるという最重要の部分でもあった。先生は、カッと目を見開き、原稿に目をやることなく喋り始めた。昨夜はほとんど眠っていないのだろうか、さっき顔を合わせたときには、目が充血していた。けれども先生の弁論は、声が大きく廷内に響き、ひときわ迫力に満ちていた。

こうした緊迫のやりとりの他方で洋介は、先刻から会社側の主担当弁護士の動きが気になっていた。大柄で眼鏡をかけていて、団体交渉にいつも顔を見せ横柄に仕切る、長い付き合いの弁護士だった。洋介と同年代か、あるいは少し若いのかも知れなかった。その彼が、先の陳述の辺りから、うつらうつらとしているようだったのだが、いまは露骨に、上半身の揺れとなって現われていて目に余った。隣に座る若い弁護士は気づいているのだろう。しかし先輩に注意するのが憚《はばか》られてか、知らぬふりを決め込んでいる。

両腕を抱え込んでテーブルの上に置き、頭がその上にすとんと落ち込むような眠りの様は、不真面目この上なかった。自分たちが優勢なことから緊張感がゼロなのだろう。洋介は、こん畜生と思った。さすがにいびきまでは聞こえなかったが、相手側の陳述を聞くことなく居眠りができるというのは、相当な大物だと思った。

団交の席ならテーブルを叩いて起こしてやるのだが、法廷だとそういうわけにはいかない。腹立たしかったけれど、ふと、傍聴席の最前列に座っている小説家の田山二郎の方を見ると、先ほどからその弁護士にじっと目を向け、ノートに何やら書き込んでいるのが分かって、洋介は思わずニヤリとした。

会社側弁護士の居眠りに洋介が気を取られている間に、角野先生は、

「本件雇い止めは、①人員削減の必要性、②雇い止め回避努力、③人選の合理性、④手続きの相当性の四要件ばかりか、労働者・労働組合に対する事前の説明・協議義務をひとつも満たしておら

ず、権利濫用として信義則に違反し、許されない。また本件雇い止めは、被告（会社側）とＪＭＩＵとの事前協議約款に違反し、労働組合法第十六条の強行的効力により許されない」と、完膚《かんぷ》なきまでに会社の違法性を論証し、語調を強めて話を終えた。

その後、人員削減をする必要がなかった三ツ星の経済状況や生産状況、そしてそれを裏付ける決算と、細江社長の記者会見内容及び、派遣社員であった洋介ら三人の解雇が無効である理由についてなど、休憩をはさんでそれぞれ三人の弁護士による陳述がおこなわれた。

これらは、三ツ星が労働者無視の脱法行為を繰り返し、いかに罪を重ねてきたかを精緻《せいち》に明かしたもので、分かりやすかった。話を聞いていて洋介は、裁判所も社長の尋問を認めざるを得ないだろうし、改めて自分らの勝利は間違いないと思え、拍手を送りたいほどだったのだ。

そこでいよいよ洋介の陳述の番がやってきた。元々暗記は得意ではないが、提出する文章を見ないで述べられるよう、昨晩帰宅してからも、入念にリハーサルをおこなった。これによって、自分らの六年余への答えが出されると、洋介は必死だった。

久しぶりの陳述ということもあってか、廷内が次第に熱気で満ちてくるのを洋介は感じとっていた。九十近い傍聴席の視線を背に受けて、洋介は証言席に立った。一礼し、裁判官一人ひとりに目を向けてから、三ツ星で働くことになった経過、「派遣切り」に遭い裁判提訴に至ったこと、そして、正社員と非正規の労働者がまったく同じ仕事をしていた職場の実態、また、三ツ星と派遣会社に騙《だま》されて、退職願を書かされたことなどを事実に即して述べ、後半部分に移ろうとしていた。そして、結論として「非正規労働者の救済を」訴え、終わろうとしていた。

そのときだった。喋ろうとした洋介の眼前に、突然、夏美が現れ、「私たちのこと、言っておいてよ」とうったえる、せつなげな声が耳にこだましてきたのだった。七分間しか与えられていないので、残り時間は少なかった。裁判官の心証を悪くするのではとの恐れもあった。だが、洋介は決意した。ここで黙っていれば一生後悔するし、止められればそれまでと腹を括った洋介は、原稿から離れて姿勢を正すと、裁判長に目を向けた。

「最後に裁判官にひと言申し上げたいと思います。私の妻は今月の六日に乳癌で亡くなりました。四十八歳の若さでした。私が三ツ星にやってきたのは、勤めていた青森の靴販売会社の職をリストラで奪われ、その後個人でおこなっていた小さな商売も失敗したからでした。好んで家族と離れT県までやってきたのではありません。再チャレンジしようと必死で頑張っても青森には働き口がなかったからです。

十年前に単身、三ツ星にやってきて、毎月十五万円程度の仕送りが出来るようになり、どん底に突き落とされていた家族に、やっと希望が見えてきたのです。でも、そうした私たちのささやかな幸せが、あの二〇〇八年末の中途解雇でぶち壊されてしまいました。私が、派遣社員だったからです。私は正社員と同じように一生懸命働いていました。私の何がいけなかったのでしょうか。派遣という働き方を選んだ私が悪かったのでしょうか。でも、いくら探しても私にはこの仕事しかなかったのです。

だから私は組合に入って、おかしいじゃないですかと声を上げました。職場に戻して普通に働かせてください、今までの仕事の実績もあるのだから、社員として働かせてくださいとごく当たり前の願いをしていっただけなのです。でも三ツ星からは冷たく門前払いをされました。だから私たちは、裁判所に救済を求めていくしかなかったのです」

洋介は時間を気にしながら早口で、大声を出していた。気迫がこもっていなければ止めさせられると思ったからだ。が、裁判長は嫌な顔をしているようにも見えたが、止めなかった。洋介は一気に続けた。

「この六年間、私たち一家は苦労の連続でした。長男は大学をやめて働かざるを得ませんでしたし、私が職を失ったことによって、生活は困難に陥り、妻はこれまで以上に働かなければならなかったのです。そのために癌の早期の発見ができなかったのではと私は悔やんでいます。私が解雇されて、無理をしたから死期を早めたのではないか。私は妻の顔を思い浮かべては、自分を責め続けているのです。

妻は、『早く裁判が終わって働けたらいいね。きっと裁判所が救ってくれるよね』と、いつも言っていました。裁判が長期化するもとで、妻は、私や家族のことを案じながら苦しみ死んでいったのです。それを思うと私は、あまりに……」

洋介は詰まった。ここまでスラスラと喋れたのに、駄目だった。大きく深呼吸をして、大事な場で不覚を取ってはいけないのだ、冷静になれと自身を懸命に叱咤《しった》していた。だが綾香が伝えてくれた夏美の言葉が、頭にこびりついていて離れないのだった。

廷内は静まり返っていた。裁判長をチラッと見ると、紳士然としたその人は、口をしっかり結んで机上に目を向けていた。どこからか小さく、

「がんばれっ」

と、励ます声が聞こえ、それを受けて小さく静かな拍手が耳に届いてきた。すると夏美の笑顔がさっと脳裏を過《よぎ》り、洋介は落ち着きを取り戻していた。

「とり乱してすみませんでした。続けます。T地裁は私たちのささやかな願いを切り捨てました。繰り返しますが私たちは、やむを得ず裁判所に駆け込んだのです。他に道がなかったからです。真面目に一生懸命働いてきた者が一瞬にして切り捨てられる、そんな理不尽がまかり通る世の中であってはならないと思います。六年間、ほんとうに苦しい日々でしたが、この国の法律にのっとって、最後は裁判所が正義の判断をされ、救ってくださると私は確信しています。以上、長くなりまして申し訳ありませんでした」

洋介は一礼し、証言席を後にした。

大仕事を終えてホッとして席に戻ると、今度は裁判長から指示があり、角野先生が特別に提出した「準備書面」についての陳述に進んだ。先生は、これまでの高裁における審理のあり方を批判し、

「会社の隠蔽《いんぺい》を認めるような訴訟指揮のままで結審すると、公正な判決と言えなくなる危険性が高い。そのためにも却下された細江社長の証人尋問を採用していただきたい」

と、再度迫ったのだった。

先生が話し終えると、裁判長は傍聴席の後ろの時計にさっと目をやり、時間を気にする素振りを見せた。そして意を決したように、

「裁判所は、以上で審理を終結します」

と、言い切った。

その瞬間廷内には、「えっ」と吐息が漏れ、小さなどよめきが起きた。まるで今日の法廷は単なるセレモニーであって、原告や弁護団の懸命の陳述など無関係のような態度だった。弁護士の先生の一人がたまりかねて立った。

「今日、私たちが陳述した内容も検討しないで、この段階で結審というのは納得できません。少なくとも、もう一回、熟慮していただきたい」

先生は、裁判長をキッと睨んでいた。

「その上で、審理を終了します」

どこ吹く風で、裁判長は返す。

「なぜですか、なぜ社長尋問を採用しないのか、その理由を言ってください。理由を言っていただきたい」

今度は、角野先生が詰め寄ったが、裁判長は取り合わなかった。そして、次回は三月二十六日、十五時に開廷すると述べて、そそくさと中央扉を開けて、退席していったのだった。裁判官忌避に至るときと、まったく同じような幕切れであった。

洋介はすぐに立ち上がれなかった。裁判官っていったい何なんだ、法廷って何のためにあるのだ、とぶつけてやりたくなるのが、率直な気持ちだった。

終了後に傍聴者らは、隣に立つ弁護士会館の十階の一室に移動し、報告集会が持たれた。あまりにも呆気ない展開に、皆、憮然《ぶぜん》とした面持ちで席に座っている。

角野弁護団長は、一年余を経て審理再開に至った経緯を説明した後、

「社長尋問を採用しないで結審したのは、良いことではありません。しかし現内容で勝てるだけのものは十分あります。裁判官はね、私たちを勝たせようと思うとそれは可能なんです。重要なのは、判決を書くこれから三月上旬までの、裁判所に対する要請行動、つまり世論によって説得していく努力です。裁判所の不当性を言っていく一方で、ちゃんとした判決を書くように求めていくことが大事なのです」

と、力を込めて述べた。弁護団としてやるべきことは全てやりきったし、世論を喚起して、裁判所に決断させる行動がこれからを決める、と呼びかけたのである。

組合側としても考えは同じだった。具体的には、一万五千筆の「公正判決を求める署名」に取り組み、週一回、高裁前で朝の八時半から一時間の宣伝と要請をおこなう計画が示された。他の争議団や支援する会、そして地域の人たちにも呼びかけ、それこそ最後の行動に臨むことを提起したのだ。

裁判所を動かすには、判決日まで二カ月余しかないことを考慮すると、この二月いっぱいまでの取り組みが決定的と言えた。泣いても笑っても自分たちの運命はそれで決まる。洋介は、夏美の四十九日法要のことをちらっと頭に浮かべながら、決意を固めていた。

本部書記長の挨拶のあとに、いまは三ツ星支部の書記長として唯一、職場の中の組合員として活動している、浜清志が立っていた。今日は、「裁判の傍聴に行くため」と、公然と年休を取り駆け

つけてきたらしい。二十五歳の浜は、いつもの黒枠の眼鏡に、スーツにネクタイという姿でぴしっと決めていた。

裁判に勝つために浜は、自ら工場門前や社宅での宣伝行動に力を尽くす決意を述べた後、職場の状況についての報告を始めた。

「いま自分の職場では、正社員は二割を切っているんです。それに絶えず人が入れ代わっていますから、こんな状態で車の品質が守れるわけありません。大事な検査も臨時や派遣の従業員に任せざるを得ないために、当然、お客さんからのクレームも多くなっています。経験もなく、慣れないことをさせられるので、労災も多発しています。工場長が非常事態宣言を出したほどです。でもね、なにひとつ対策はとれていないんですよ。それに人が入って来ません。三ツ星はこうだという悪い実態が知れ渡っていますから、皆敬遠しますよね。臨時で二年十一カ月で放り出されるというのが決定的です。入ってその日に辞める人もいるくらいです……」

浜は口惜しそうな表情を見せて、発言を続ける。

「自分は、三ツ星に居られる残りの期間が十カ月を切っているんです。自分なりに一生懸命勉強して、二回、社員登用試験を受けました。二回以上は受けさせてくれないんですね。テストもよくできたし、面接もうまくいったと自分では思えるんですが、見事に落とされました」

洋介らの組合は、ひところ臨時従業員の加入も相次ぎ、会社に通告することで大きな力を発揮した。だがその後、二年十一カ月が縛りになって、連続的に多くの組合員を迎えることに成功していなかった。この期間制限は、会社が勝手に決めたもので、根拠はなかった。そこでK県の労働委員会に、「二年十一カ月」問題での不当労働行為救済を申し立てるなどして取り組んできたものの、壁を突破するのは難しかった。浜が組合員として公然化していなければあるいは社員にと、いまとなっては悔やむ思いもあったが、それは結果論でしかなかった。

「自分は臨時従業員ですから、三カ月に一回更新があるんです。日時を指定して、直接労務に来いと言ってくるんです。先日もね、自分に対して、『あんたは二年十一カ月以上働かせろと言ってるが、会社はそれを許容していないから』と、不満ならいま辞めてもらっていいよ、と嫌がらせでくるんですよね。でも、自分らは会社を叩くためにやっているんじゃなくて、よくしようと思って努力してるんですから、今後も、臨時従業員の要求を掲げて組合として交渉していきます。ほんとの心情としては、こんな会社にいたくないっていうのがあるんですが、とにかく、勝利に向けて、あと二カ月間全力で頑張りますので、よろしくお願いします」

浜は、謝意を示して話を終えた。狭い室内に彼を励ます拍手が響き渡った。

最初は、無愛想で取っ付きにくい男と思っていたが、そうではなかった。今では彼は、K工場の組合掲示板の掲示なども一手に引き受け、労務担当の意地悪にも負けず奮闘しているのだ。人は鍛えられ、成長して変わるのだと思った。三ツ星がこうして逞《たくま》しい労働者を生み育てていったことになる。爽やかな浜の笑顔に向けて、洋介はいつまでも手を叩いていた。

第四章 「解決」交渉へ

（一）

午後三時にT高裁での判決があった。報告集会が終わってから近くの日比谷公園の一角に関係者が集まってささやかな花見に興じた後、洋介がT市のアパートに着いたのは夜の九時過ぎだった。誰もいない部屋に入って洋介は、ジャンパー姿でマフラーも首に巻いたまま灯かりも付けず座り込んでいた。

花冷えというのだろうか、東京にいるときはそうでもなかったのに、夜のとばりが下りたT市の寒気は、八戸の地を思い出させるように徐々に身に沁みてくるのだった。

それにしても、今日の判決は酷かった。もごもごと小さな声で読み上げる裁判長の態度は、いかにも自信なさげで、よく聞き取れないほどだった。あんたたち、何をやっても無駄だよとばかりに、三ツ星の社員としての労働契約上の地位も損害賠償も認めない不当判決だったのである。

洋介の頭には、マツダの裁判の事例が重くのしかかっていて、やはりという疑念は拭えなかった。最終局面の更新弁論での、理路整然とした三ツ星側の非の追及を目の当たりにして、当方に分があることを洋介は信じて疑わなかった。

だから、この二カ月間、希望を託して高裁前の宣伝行動や、要請署名などで毎日、東京まで通い全力を尽くしていたのだった。

裁判を担当する第二民事部は十六階にあった。要請行動の際には、予《あらかじ》め連絡しておくと書記官が対応する。公正な判決を求める要請署名を渡し、同行した支援労組や団体の代表がカウンター越しに名刺を差し出して、書記官に向かってそれぞれの思いを短く述べるのだった。こうして要請しても、どれだけ裁判官本人に伝わるのかよく分からなかったが、書記官は当然、何らかの形で報告するのだろう。

何度も訪ねていると彼らと顔なじみになる。ベテランの話によると判決日近くになると、書記官の表情や態度で、それとなく結果が読み取れるというのだが、自分にはそうした芸当はできなかった。しかし先週訪れたときには、比較的若い書記官の様子は、下を向いて落ち着きがなくどことなく変だった。奇しくもそのとき、自分らを担当する裁判長と右陪席の裁判官二人が、部屋の奥を通って右の方に進んで行くのを目にした。彼らは洋介たちの存在に気付かなかっただろうが、許されるのなら、縋《すが》り付いてでも訴えたいところだった。

不当な判決だから、直ちに最高裁に上告することにした。次の弁護団会議で正式にきまることになる。このままでは、企業が法を逃れるための脱法行為をいくらやっても許されるし、裁判所自らが常用雇用の原則のなし崩し化を先導したことになってしまう。背後には「労働者派遣法」の大改悪が控えていることもあり、政府と財界は勢いを得て、格差・貧困の日本社会をいっそう進めることになるだろう。本音では裁判を早く終えたかった。けれども自分たちは、引くに引けない地点に立たされているのだと洋介は覚悟した。

部屋に入って座り込んだまま、とりとめなく今日一日の流れをぼんやり追いかけていたのだが、洋介はやっと照明のスイッチを入れ、着替えを済ませた。まず結果を夏美に報告しなければと考えた。窓際の整理棚の上の小さな額に、夏美の写真を飾っていた。それは、最初の手術を見守ったときに、携帯電話機のカメラで撮ったものだった。抗癌剤の治療をしていたため今風に言えばフルウィッグの姿だが、手元にはこれしかなく、メモリーに入れて写真屋で引き伸ばした貴重な一枚だった。若いころの夏美らしさがまだ残っている、この写真を自分は気に入っている。

——口惜しいけど負けちゃったよ。でもね、こんなことが許されたら大変なことになってしまう。裁判所って公正でなきゃならないのに、この判決だからさ。だけど、裁判所のことを誰も信じなくなったら終わりだよな。俺たちの方が絶対、正しいんだ。だから認めさせなきゃね。もう一年はかかるかな、ごめんな……。

洋介は写真に向かって語りかけていた。

風が強くなっていた。アパートのガラス戸に吹き付ける風の音を耳にしていると、八戸が思い出されてきて駄目だった。ここで彼女と一緒に暮らしていたわけでもないのに、喪失感がじわじわと襲ってくるのだった。

夏美の四十九日の法要の後に洋介は、八戸の実家を訪れていた。供養の日ではないので、義姉たちとは顔を合わさずに済んだ。高畑の家には墓がないということで、まだ遺骨は埋葬されていなかった。洋介はそこで、星河らが呼びかけてくれた、「志」の袋を持参して義父に手渡したのだ。額は、全体で九十七万円と、驚くような大金になっていた。名簿には、組合や支援者、そして日本共産党関係など、自分が知らない人たちの名も多く列挙されていたのである。

あの呼びかけ文が広く回って、再び自分は助けられたと言える。あらためて洋介は、〈だから、あの人やれるんだと思った〉という夏美の言葉を、ありがたくかみしめていたのだった。

〈これはぼくのお金じゃありません。多くの皆さんからいただいた、お香典というか志です。どうか夏美のために使ってください〉

妻を幸せにしてやれなかったという、自身の悔いを述べて、洋介は素直に義父に詫びた。すると義父は、

〈いや分がってる。夏美からみな聞いでのさ。ありがっと、ありがっとなさ。夏美もな、あんだには感謝して逝たと思うんだ。あんだも無理しなさで身体を大事にしなせ〉

と、感極まった様子で、先の通夜の件を逆に謝られたのだった。「志」の袋にじっと目をやっていた義父は、治療のために借りた金の精算をして、残りは墓を建てるために使わせてもらう、と手を合わせていた。

息子たちがまだ世話になっているし、高畑家と縁が切れたわけではない。洋介は、綾香や健太たちのことを頼み、墓が建てられた際には必ず訪れる旨を告げて辞したのだった。

ほんとうに多くの人たちに助けられ、自分は、最低限の義務を何とか果たすことができた。先

月、みんなに出した礼状に洋介は、簡単な挨拶とその後の経緯を若干記した後、最後に現在の心境を綴らせてもらった。

〝振り返れば、私は自分と家族の生活を守りたい一心で、労働組合に入り無我夢中でこれまでやってきました。

リーマン・ショックを理由に不当に解雇され、雇用保険が切れて以降は、生活保護を受けながら、争議をかかえて三度の食事のままならない日もあり、息子の進学断念、娘の大病、妻の乳癌の発症・再発など、困難の連続でした。ついには自分自身も心臓の難病にみまわれ、薬が手ばなせない体になってしまいました。そして今回の妻の突然の死です……。

なぜ自分だけがこんな目に、などと考えて、苦しさと将来への不安から、何度も心が折れそうになりました。でも、そういう時に、なぐさめ、励まし、具体的な援助の手を差しのべてくれたのは、組合や支援の仲間のみなさんでした。みなさんへの感謝の気持ちは、言葉では表すことができません。

まだまだ未熟な私ですから、これから苦しさで逃げ出したくなることもあるかもしれません。だけど、どんな誘惑にも負けることなく、みなさんと心をひとつにして、職場復帰まで闘い抜く決意です。これからもどうぞよろしくお願いいたします。〟

「志」を八戸に持参したこと、そして礼状のことなどを思い起こし、やわらかな笑みを浮かべた夏美に目を向けていると、急に過ぎた思い出に浸りたくなってしまった。洋介は、まだ彼女が元気だったころのメールを読むために、携帯電話機を手にしていた。
ここ二年ばかりの夏美のメールは、消去する踏ん切りがつかず保存したままであった。画面をシフトしながら確認していると、倒れる一カ月余り前のものが最後であることが分かった。

〝2014/07/22　08：20
ちゃんとご飯食べてる？　今朝方ね、夢を見たの。あなたが裁判に勝ってテレビに出てるじゃない。『妻に礼を言いたい』だなんて、真面目な顔して言ってるんだもの。でも残念、そこで目が覚めちゃった。もう五年過ぎたね。まだまだ続くのだと思うけど、夢がホントになってほしいね。おカネのこと言ってばかりでゴメン……〟

この後に何かを書こうとしていたようだが、メールはそこで終わっていた。自分が返信したメールは保存していないので、夏美にどのように返したかの記憶は定かでなかった。が、一日も早く終わることを、夏美は待ち望んでいたに違いない。裁判の勝利を夢にまで見ていたというのが不憫だった。今日勝っていれば、胸を張って彼女に報告できたのに、それは叶わなかった。胸の奥深くを刺されたような痛みが走った。末尾に記された、「おカネのこと言ってばかりで」というフレーズに洋介は釘付けになっていた。
何かの予感があり、これを言っておかなければと、夏美はメールを寄こしたのだろうか。荼毘《だび》に付した日に綾香が送ってくれたメールの内容が思い起こされ、洋介はたまらない気持ちになっていた。すると、会うのが最後となった、宮城の病院でのこと、そして八戸の病院で会わずに帰ったことなどが後悔となって、胸が締め付けられてくるのだった。

〈あんだには、感謝して逝たと思うんだ〉

という父親の言葉がせめてもの救いだった洋介は遺影の前で瞑目《めいもく》した。

夏美の死後には、いまさらたたかうことに意味があるのか、という虚脱感に襲われ度々苦しんできた。ちょっとした空白の時間に、何もかも放り出したくなるような思いに駆られることがあるのだった。だが洋介は、ここに記された夏美の祈りを、そして夢を現実にするには最高裁で勝つしかないと思い直した。弱気な自分をしっかりさせなければと、両の掌で頬を叩き気合を入れた。

そして、もう届くはずのない夏美のメールアドレスに、

〝最高裁では必ず勝つからね。見守っててな！〟

と書き込み送信した。

（二）

八月三十日の午後一時になったばかりだった。洋介は、集会の開かれる国会前にやっと近づき、ホッとしていた。T県のアパートから二時間かけて東京メトロ永田町駅に着いたのは十二時前だった。混雑を予想して開会時刻の二時間余り前に電車を降りたのだが、駅の構内は既に身動きできな

いほど長蛇の列だった。駅中なのにプラカードや幟《のぼり》を掲げた人が多かったのは、団体の参加者の目印になるからだと思えた。

これから先の行程を考え、まず構内のトイレに駆け込もうとすると、男子用にも多くの人が待ち並んでいてひと苦労であった。

「戦争させない・九条壊すな！　総がかり行動実行委員会」が本日開催する、「8・30国会10万人・全国100万人大行動」において、国会周辺には、日比谷公園など六カ所に宣伝カーステージが設けられていた。希望でどこに参加してもよいのだが洋介は、何としても国会正門前のメインの集会に駆けつけたかったのだ。

戦争を放棄し、加えて戦力不保持と交戦権の否認を定め、世界でもまれな「不戦の誓い」を徹底して示した憲法九条の改憲に執着する安倍晋三は、その突破口として、五月十五日に、「平和安全法制」と名を装い、実態は「戦争法」そのものの法案を国会に提出した。

自衛隊の保有と侵略に対する個別的自衛権を認めてきた歴代自民党政府もこれまで、海外での武力行使は禁止し、世界の軍隊にない特別のルールを維持してきたと言える。しかし、明文改憲への国民の反対が強いため、九条の条項はそのままにして、まず解釈を変更することで実質的に憲法を破壊し、その後に本格的に踏み込もうとしている安倍首相の意図は容易に窺《うかが》えた。

「いつでもどこでも、米国のどんな戦争にも参加し、日本の若者の血を流す」事態につながるこのねらいは、憲法学者らによっても明らかにされ、「戦争法案阻止」の声は日増しに高まっていた。集会やデモなどの抗議行動が国会周辺や全国各地で継続的に持たれ、いまや国民的な共同のたたかいへと広がりを見せていたのだ。

だが政府・与党は、世論の圧倒的反対の声に挑戦するかのように、先月の十五日には衆議院の安保特別委員会において数の力で押し切り、続いて翌十六日には、本会議でも強行採決をおこなうという暴挙を繰り返していた。

思えば洋介は、自らが争議に関わっていなければ、憲法そのものについても無関心なままで終わっていたかもしれない。しかし自分は、労働争議の原告の一人として、労働法のみならず、日本国憲法も深く学ばなければならない立場に置かれてきた。今回、本法案が日本という国のあり方を根底から変えるものであることを知り、じっとしてはいられなかった。「労働者派遣法」改悪に反対する集会などで、洋介はこれまで議員会館にはよく出入りしていたし、国会周辺は、委員会の傍聴などでもなじみの場所であった。しかしこのところの国会を取り巻く様相は、まるで異なっていたのである。

今日に限って洋介は仲間と一緒ではなかった。一歩でも議事堂に近づき、反対の声を大にしてぶつけたかったからだ。御影石で装い、段を積み重ねたような四角錘の議事堂の屋根に目をやった洋介は、きょろきょろと周囲を見渡していた。とにかく、凄《すさ》まじい人の波であった。中高年が多いが、若い男女も結構いる。子ども連れのお母さんもいた。

この様子だと、国会前に集結するのは十万人といった程度ではないと思えた。日中にこうして人が駆けつけてくる光景を、今まで洋介は目にしたことがなかった。周りのどの表情も明るいが緊張感はみなぎっている。メーデーとはまた違った雰囲気だった。日本ではこうしたことは起こらないと、洋介はこれまで思っていた。けれども自分の認識は変わった。それほど今、この国は危険な状況にあり、人々は、七十年の間、海外で武力により人を殺すことなく維持してきた、九条による平和を守らなければならない、と意思表示しているのだ。

夥《おびただ》しい人の群れに驚嘆しながら洋介は、ふと、今国会で審議が大詰めを迎えようとしている、「労働者派遣法」の改悪案のことも考えていた。この悪法が通れば、企業が派遣労働者を受け入れることができる、業務ごとの「原則一年最長三年」の期間制限が廃止される。企業は、人さえ代えればいつまでも派遣労働者を都合よく使えるようになってしまう。法案には「九月一日」、つまり、明後日から施行すると書き込まれているなど、そのこと自体異常きわまりないものであった。

安倍政権と与党がなんとしても今国会で法案を成立させ九月中に施行しようとするのは、違法な派遣に対しては派遣先が労働者に雇用契約を申し込んだものとみなす、「みなし」規定の十月一日からの適用を免れるためという理由もあるから悪質さは手が込んでいる。これでは、法に違反した企業を救済するために急ぐ、と言われても仕方がないだろう。個人的には洋介は、「戦争法案反対」だけでなく、「派遣法改悪反対」の切実な思いも込めて国会前にやってきたつもりであった。

開会までに少し時間の余裕があったので、洋介はとりあえず、道路を隔てて隣接し開放されている、憲政記念館の庭園に入ることにした。ここも人でごった返していたが、コンビニで買い求めたおにぎりをリュックから取り出して頬張り、ひと息つくことができた。さいわいに今日は涼しく、熱中症になる恐れは少ないだろう。トイレのことを考え水分の補給は控えめにした。折からの曇り空で雨が降って来るのが少し心配だった。

腹ごしらえを終えると洋介は、人の群れの間を縫ってひたすら前に進んだ。途中で、赤と黄色と青色からなる三色旗をひるがえして歩く一行が目に入った。あれはたしか創価学会の旗だろう。その若者たちは毅然としていて、周りの人々は称賛の眼差しで見つめ、拍手を送る老婦人もいた。創価学会に属する人も、この場にかなり駆けつけていることが窺えたが、戦争法に賛成する宗教団体のなかでの、勇気ある行動だと思う。

このまま行くと、途中で容易に引き下がれなくなることが予測されたが、仕方がない。一路前に進むしかなかった。それでも、どんなに頑張ってもメインステージ近くには達しないことが分かり、洋介はある程度見える位置で諦め、立ち止まることにした。

一時四十五分になると、歩道も車道も参加者で埋め尽くされた国会周辺全体に、「ウォー」と声が響き、拍手とともにコールが始まっていた。

長い髪を白いリボンで束ねた若い女性が、オレンジ色のカバーのついたマイクを左手に持ち、右手をリズミカルに空に向けて、コールを繰り返していた。

「戦争ハンタイ」「戦争ハンタイ」

「九条守れ」「九条守れ」

「戦争法案いますぐ廃案」「戦争法案いますぐ廃案」

「ハイアン」「ハイアン」

「強行採決絶対やめろ」「強行採決絶対やめろ」

「アベはやめろ」「アベはやめろ」

「タダチニ退陣」「タダチニ退陣」

ステージ上でリードしているのは、色白で目もとのきりっとした素敵な女性だった。劇団の女優さんかと一瞬思ったが、SEALDs メンバーの大学生なのだろう。参加者とテレビカメラや多数の取材陣に取り囲まれ、時に議事堂方面を見て手を挙げる彼女の姿は、民衆を率いるジャンヌ・ダルクのように洋介の目には映った。自分ら組合のおこなうシュプレヒコールとは違って、言葉は短くてダイレクトな感じだ。これが若者の感性なのだろう。いつの間にか洋介は、七十歳は過ぎていると思える、帽子を被った隣の男性らと一緒に、彼女に続いて声を張り上げていた。

「国会論戦と国民の圧倒的運動により、参議院で廃案をめざそう」と野党四党首が次々とマイクを握りスピーチした後、四人がともに手をつないで、参加者と一緒にコールをする。その光景は壮観だった。司会者の紹介によると、この時間、北海道から沖縄まで、戦争法案と安倍内閣への百万人の怒りが轟《とどろ》いているそうだ。

作家や学者のスピーチが入れ替わり続いた後、世界のミュージシャン坂本龍一が登壇したのには驚いた。周りが急に静かになった。

「こんにちは。今回の安保法案について、盛り上がってくる前はですね、私、かなり現状に絶望してたんですが、この SEALDs の若者たち、そして主に女性ですかね、女性の方たちが立って発言してくれているのを見て、日本にもまだ希望があるかなと思っているところです。ここまで崖っぷちになって初めて、私たち日本人の中に、憲法の精神、九条の精神がこんなに根づいていることをはっきり皆さんが示してくださって、とても勇気づけられています。ありがとうございます」

淡々とした調子だが、白髪の坂本さんには独特のオーラがあり、洋介は夢中で話に耳を傾けていた。

「憲法というのは、世界の歴史を見ますと、何世紀も前から自分たちの命をかけて闘い取ってきたものです。もしかしたら、日本の歴史の中では、明治憲法しかり、日本国憲法しかり、自分たちが命をかけて闘い取ってきたものではなかったかもしれないけれど、今、まさにそれをやろうとしているのです。

僕たちにとっては、イギリス人にとっての『マグナ・カルタ』であり、フランス人にとっての『フランス革命』に近いものが、今、ここで起こっているのではないかと思っています。

ぜひ、これを一過性のものにしないで、あるいは仮に安保法案が通っても、そこで終わりにしないで、ぜひ守り通して、行動を続けていって欲しいと思いますし、僕も皆さんと一緒に行動してまいります。どうもありがとうございました」

話し終えると、一斉に拍手が送られた。「マグナ・カルタ」「フランス革命」と、昔、歴史で習ったのを思い出し、洋介は、いま画期的なことが起こっていると、実感していたのだった。

ときどき雨がぱらついてくる。二時間は持ってくれよと上空に目を向けると、ヘリコプターが三機舞っていた。マスコミ各社のもののようだ。空前の大集会を、彼らがどれほど真剣に報道するのかと思ってしまう。とにかく洋介は、メディアには痛い目にあってきているので、あまり信用していなかった。この巨大な抗議のうねりを、国民にまともに伝えてくれよと、暫《しば》し洋介は空を見上げていた。

登壇者の話の区切りのつどに、新たなコールがこだましていた。

次は、若い女性のスピーチのようだ。短い髪にどこかあどけなさの残る彼女は、SEALDs関西の人らしい。

「大阪から来ました」

と名乗ると、その人は、透きとおった声を発し、力強く話を始めた。

「安倍首相、私たちの声が聞こえていますか？」

と、切り出す。

「この国の主権者の声が聞こえていますか？

自由と民主主義を求める人たちの声が聞こえていますか？

人の命を奪う権利を持つことを拒否する人間の声が聞こえていますか？」

そう続けて彼女は、先週、国会で、イラク戦争における米軍の戦争犯罪についての質問を受けたときの、安倍首相の態度について触れた。米軍が民間人の家に立ち入り、生後五カ月の赤ちゃんを含む無抵抗の十一人を銃殺した。それに抗して非暴力のデモをおこなった市民に、米軍が銃を向け次々に射殺したのは、「戦争犯罪ですよね」と問いかけられた首相は、「事実確認ができないので、戦争犯罪だと断定することはできない」と答えたと紹介し、そこで彼女は大きく息を吸うと力を込め、聴衆に向けて、

「だったら私が代わりに答えます。イラクでの米軍の無差別殺人は戦争犯罪です。私はこの法案が通ることによって、こういった殺人に日本が積極的に関与していくことになるのではないかと、本

当に、いても立ってもいられない思いです」

と、叫んだ。そして、ステージを取り巻く人々に、澄んだ声でゆっくりと語りかける。

「人の命を救いたいと自衛隊に入った友人が、国防のためにすらならない、そうしたことのために犬死にするような法案を、絶対に止めたい！

国家の名の下に人の命が消費されるような未来を絶対に止めたい！

敵に銃口を向け、やられたらやるぞという威嚇《いかく》をするのではなく、そもそも敵をつくらない努力をあきらめない国でいたい！

平和憲法に根ざした、新しい安全保障の在り方を示し続ける国でありたい！

私はこの国に生きる人たちの良識ある判断を信じています。国民の力をもってすれば『戦争法案』は絶対に止めることができると信じます。

いつの日か、ここから、今日、一見絶望的な状況から始まったこの国の民主主義が、人間の尊厳のために立ち上がる全ての人々を勇気づけ、世界的な戦争放棄に向けてのうねりになることを信じ、二〇一五年八月三〇日、私は戦争法案に反対します」

最後に、議事堂に身を向け、ひときわ声を強くして、彼女はスピーチを結んだ。ときに手にしたメモに目をやりながらの話を終えた、彼女の頬は紅潮していた。国会前が拍手で沸いた。この声、というより若者が綴った詩は、首相官邸にいる安倍には届かないかもしれない。しかし、胸の奥底から平和を願う彼女の思いは、洋介の心を打った。たったいま坂本さんも言ったが、このような若者がいることに、洋介は勇気をもらった気分だった。

続いて、先ほどのコールの女性が立って、再び唱和が始まった。

「戦争法案いますぐ廃案」「戦争法案いますぐ廃案」

「ハイアン」「ハイアン」

「強行採決絶対やめろ」「強行採決絶対やめろ」

洋介も大声を出し、懸命に付いていた。

そのときだった。何気なく前方に目を向けていた洋介は、自分の二、三メートル前方に、頭が角刈りで特徴のある、紺のTシャツ姿の男が居るのに気づいた。注意して見ていると、白地に墨書された〝アベ政治を許さない〟のプラカードを胸に、勢いよく右の拳を突き上げているのは、なんと、K工場の浜清志だった。彼は夜勤もあり、休日でもこうした場にはなかなか出られないはずなのだが、その姿は浜に違いなかった。

洋介は、前に立つ人々をかき分け、頭からもぐりこんで進み、やっと男の肩に手をかけられるまでに達した。浜は振り返った。

「あ、五味さん、来てたんですか？」

「おう、ここに居たんだ」

「自分は、勤務でなかなか来れなかったでしょ。今日は絶対と思ってね。みんなとは別行動です」

浜は、黒縁の眼鏡の奥の目を細めて、返した。

「そうか、俺もそうだよ。ところで、これからのことだけど、どうするか決まった？」

洋介は最も気になっていたことを訊いた。

浜は、この十一月で二年十一カ月の契約期間が終了するために、工場を去らなければならなかった。これまで星河や福武、佐伯らと一緒にK工場門前や社宅のビラ配布などにも加わり、三ツ星のたたかいの先頭に立っていた西南地区共産党の委員長らと、ゴールデンウィーク後から身の振り方について相談していると聞いてはいたが、工場の中でただ一人奮闘し、書記長の務めを果たしてきた浜の去就を、洋介はとても心配していたのだった。県労連や、他の組合からも声をかけてもらい、また、昨年より民主青年同盟の県委員の任務に就いていることもあり、そうした場での専従になるかもしれないとの噂もあった。

嵐のような反対コールのなかで、二人は声を大きくしてやりとりしていた。

「いろいろ心配していただいてすみません。自分も悩んだんですが、皆さんの勧めもありましたし、西南地区委員会の専従として、お世話になろうと決意しました」

浜の表情が、一瞬締まった。

「そう」

洋介は、首肯《うなず》いた。浜は、社会の変革を仕事とする「党生活者」に巣立っていくのかと、感慨深いものがあった。もちろん非合法の時代とは異なり、現代の「党生活者」には、豊かな個人的生活は保証されている。しかし良く決意したと思った。三ツ星で労組書記長として鍛えられ、このように成長してくれたことが嬉しかった。かつて職場を追われ、地獄のような日々を体験してきた彼ならきっと、人の心の痛みの分かる政治活動家になってくれると思えたのだ。

「おめでとう。きみならきっとやれる。俺もうれしいよ」

「不安もあるんですけど、精一杯やります。年休消化で十月の初めに辞めて、自分は車の免許を取ることから始めなければなりません」

住居も、地区委員会の近くの公団の部屋を借りることに決まっているのだそうだ。

「戦争法案いますぐ廃案」と唱和する声を背に受けて、浜としっかり握手を交わした洋介は、再び元の位置に戻って声を張り上げていた。

（三）

早いもので、新年早々から良いことのなかった二〇一五年も、後一カ月余で終わる。三ツ星の自分らの裁判は最高裁に移り、洋介は要請行動などで相変わらず多忙な日々だった。

この九月には戦争法案が強行採決により成立し、労働者派遣法の改悪案も通ってしまった。正に政権の数の力による横暴はとどまることを知らず、民主主義も何もあったものではない。けれども洋介は、落胆してはいなかった。あの国会前で行動した十二万人という力、そして若者たちが果敢に立ち上がる姿に、日本という国も捨てたものではないと、勇気づけられていたからだった。

いま洋介は、「世界の巨象」と言われるＩＢＭの労働者の争議支援でＴ地裁の法廷にいた。

争議をたたかう者にとって、連帯というか、互いの協力関係は何より重要である。自分らのことだけでなく、他の争議の法廷があるときには駆けつけて激励し、また裁判終了後の報告集会では、短い時間に三ツ星の状況を報告して「こちらの支援もよろしく」とお願いする、持ちつ持たれつの関係だ。

今日のＩＢＭの裁判では、自分らのときにいつも顔を見せてくれていた、山倉さつきの陳述が予定されているのだった。山倉はおそらく、自分より八つくらい年下だと思う。某有名私大を卒業後、システムエンジニアとして入社し、技術系・経理・銀行関係など様々な分野の業務を手がけ、プロジェクトマネージャーの任もこなしてきたそうだ。

二年前の六月に山倉は、他の人たちと同じようなやり方で「ロックアウト解雇」されたのだったが、その一年前ころから、退職勧奨に追い討ちをかける毎週の面談により、「鬱《うつ》状態」となっていたという。山倉は職場で、支部の中央執行委員として活動していたこともあり、「会社は労働組合を嫌悪し、私を排除するために解雇したのは明らかです」と自身で訴えていた。最初洋介は、ロックアウトと解雇というつながりがあまりピンと来なかったので、ウェブサイトの『デジタル大辞泉』で引いてみた。するとそこには、「企業が労働者に対して、正当な理由がなく解雇を通告し、職場から締め出すこと」と記されていて、当を得た説明に感心したものだった。

入廷が許可され法廷に入り、洋介は傍聴席から原告席に目を向けたのだが、小柄でいつも笑みを絶やさない、肝心の山倉の姿がそこになかった。裁判官が現れ開廷時刻になっても、彼女は姿を現わさない。山倉らの裁判は今日が結審日なのに、そうした重要な陳述の場に、本人がいないというのは聞いたことがなく、鬱の症状がよほどひどいのか気がかりだった。

同じＪＭＩＵの仲間の日本ＩＢＭ支部組合員らの争議は、米国資本の超マンモス企業が正社員をいつでも自由に首切りできるよう画策し、日本の労働法制・法理を破壊することを目的に、「たたかう労働組合」に狙いを定めて、三年間になんと三十五人の労働者を解雇したという事件である。

その方法があまりに露骨であることから、日本ＩＢＭはいまや、「本業のＩＴ技術よりリストラ技術でブラック企業業界をリードする」とまで週刊誌に書かれるほどだった。辞めさせたい社員を標的に強行する「ロックアウト解雇」は、相対評価による業務成績不良を理由としている。米日財界が手を結び、「アベノミクス」が背後に構える解雇がまかり通れば、日本社会に蔓延していくのは間違いない。「無法を許さず」とＪＭＩＵの十二人のＩＴ技術者組合員が立ち上がり、裁判闘争もふくめてたたかっているという構図なのだった。

ＪＭＩＵ日本ＩＢＭ支部は、一九六四年には千三百人を超えていた組合員数が、会社の総力をあげた切り崩し攻撃で激減を余儀なくされ、いまは少数の労組になっている。しかしこの国の大企業では珍しく、働く者の利益を守ってたたかう組合として長い歴史を有しているのが何より素晴らしい。自分らの目から見ると眩しいようなエリートたちが、使い捨てにされるという酷さと、アメリカ流のやり方で平然と放出する解雇に衝撃を覚えると同時に、彼らが泣き寝入りせず敢然と立ち向かっていることに、洋介は心を動かされていたのだった。

当初洋介は、彼らにあまり親近感を抱いてはいなかった。「賃金減額」といっても、自分らとは別世界の高収入の人たちのことと思えて、何となく距離が感じられたのだ。しかし裁判の傍聴に通ううち、四十代でなんと年収が四百万円台の人がいることも知り驚いた。「辞めさせる者」と標的にされ、恣意的に低評価を押し付けられ解雇された十二人が立ち上がった根底には、理不尽な仕打ちへの怒りと、人間としての尊厳を傷つけるのを許さないという矜持《きょうじ》があったことを知り、洋介は自分たちと相通じる感情を抱いたのだった。

ちょうど四カ月前の七月に、地裁でおこなわれた、山倉の上長らも出廷しての証人尋問の場を洋介は傍聴していた。真夏日が連日続き、暑さの堪える法廷だった。そこで目にしたのは、執拗な退職強要によりメンタル面での健康を害し、「睡眠障害」で苦しむ山倉に対し、いわゆる瞬時の「居眠り」を職場ぐるみで記録させ追い詰めるというパワハラ行為に等しい異常さであった。

就業中に監視下に置いて、空白の時間を過大に記し、後の面談の場で数字を盾に詰問するのだから本人はたまったものではない。当時山倉は、「鬱症状が出ている」と医者に診断されていたのだが、上司にはそれを言えなかった。「鬱症状で解雇された人がいたので、もしかして自分も突然にという」、恐怖があったからだと山倉は理由を答えている。

上司が山倉に、〈起きてますか〉と短時間に頻繁にメール送信してきたことや、そうした嫌がらせに耐えられず、早く止めてほしいとの思いから、山倉が一応〈すみません〉と返信したことなどが生々しく明かされると、廷内は傍聴者の怒りで一瞬騒然となった。誰もそれほどの声を発していたわけではない。が、あまりにもひどい苛《いじ》めの実態に、こもごもの思いが重なりあい反響したのだろう。裁判長が〈静かにしてください〉と声を発したほどだった。

メンタルヘルスの疾患を有する山倉を、会社側弁護士が容赦なく攻める尋問の場は痛々しくさえあった。だが山倉は毅然と受け答えし、自身の全存在をかけた長い緊張のときを乗り切ったのだった。

結審の日の異例の代読という場で洋介はいま、若い女性弁護士が読み上げる意見陳述に耳を傾けていた。

山倉は、日本ＩＢＭの社員として、長年培ってきたスキルがユーザーに還元できるようこれまで精一杯努力してきたことを述べた後、

「それが突然解雇されてしまい、技術についても業務知識についても、残念なるかな、あのロックアウトを受けた日、受けたあの時刻で止まってしまっています。自らに貯めた技術と日々の研鑽を合わせて最高の仕事ができる貴重な二年半近くの日々を、私はすでに失ってしまいました。ＩＴの世界は特に日進月歩です。進歩から取り残された時間は私自身のみならず、ＩＢＭという会社にとっても損失ではないかと思います」

と主張したのだった。

ＩＴ技術者としての誇りと道理なき解雇への怒りなど、山倉の心の底からの叫びを必死で伝えようとする、女性弁護士の凜《りん》とした声が響いていた。度重なる退職を迫られ、偏頭痛の頻度が増し、胃痛や吐き気の症状などにも苦しんで、ディスプレイを見るのも辛かった毎日を綴って山倉は、

「一度壊れてしまった身体が元に戻るのは難しく、今でも通院と服薬を続けています。裁判を闘いながらの通院は、金銭面からも、また将来に対する不安からも厳しいものがあります」と、病に向き合う日々に触れた後、いま両親の年金により暮らしている「親不孝」を申し訳なく思うとして、父と母の「存命中」に職場復帰の実現をと結んだ。

ただちに職場に帰ることができたとしても、失われた最先端技術者としての三年余は戻ってこない。心の傷を癒すにもしばらくの時間を要するだろう。彼女がいま、両親の年金で暮らしていると

いうのはショックであった。自分らのように底辺の生活に慣らされている者とは異なり、彼女らにはまた別の苦労があるようにも思えた。洋介はあらためて、正社員でたたかう人たちの「争議生活者」としての厳しさを痛感したのだった。

（四）

年が明けて、過密なスケジュールの日を過ごしているうちに、いつの間にか新緑の萌える季節を迎えていた。洋介はT地裁での裁判を終えた後、日比谷公園の霞門から入って左にある、鳥の噴水脇のベンチにひとり座っていた。

桜の花はとっくに散っていたが、ここに座って景観を楽しみ、争議生活のいっときの癒しの時間を得るのも、すでに八年目に達していた。今日は地裁で、自分たちが「家明け裁判」と呼ぶ、三ツ星側が原告となっている、住居明け渡し訴訟の判決があったのだった。係争中であることから、これまで当然の権利として、三留、見瀬、植村たち期間社員が、会社の寮に居住し続けてきたことに対し、先方が、部屋の明け渡しとこの間の家賃に加えて損害賠償を求めてきたものだった。ここでは本裁判と異なり、組合側が被告なのであった。

本訴の高裁判決を睨んでのことだろう。結果は完全な敗訴だった。裁判というのはある面では恐ろしいものだと洋介は思った。寮に留まっていた彼らは、そこに住む場所があったゆえ生きながらえられたのに、判決は情状酌量の余地などまったくなく、冷厳なものだった。

全体で千三百万円を超える膨大な額の支払いを裁判所はあっさり認めた。食うや食わずの生活をしてきた自分たちにこんなカネがあるわけがない。争議生活者としてのたたかいは、展開によってはこうも無残な結果が跳ね返ってくることを、洋介は思い知らされた。まるで、組合側の息の根を止めんとするばかりの、追い討ちをかけるような三ツ星の所行と言えた。

洋介たちは、最高裁判所に対する一縷《いちる》の望みを捨ててはいなかった。高裁での取り組みと同じように、最後の願いといえる署名や要請行動で、相変わらず駆けずり回る日々だったのだ。しかし最高裁というのは、得体のしれないところだと思えた。地裁や高裁には多くの人の出入りがあり、老若男女がいて人間臭さが感じられた。けれども、建物が四角い石の要塞のような周囲に多くの警備員を配し、容易に中に入れない司法の空間は、「庶民の来るところではないよ」と、拒絶しているような違和感があった。

争議経験の豊富な人から話を聞くと、民事裁判について最高裁は、自らを「法律違反の有無を判断する」ところと自己規定しているので、高裁までの事実認定が誤っているという主張に対しては、基本的に耳を貸さないものだそうだ。世間一般では、最高の判断を示す司法府と認識されているのだろうが、「最低裁判所」とも揶揄される理由は、そんなところにあるのかもしれない。

八年に入るまでたたかい、最高裁まで持ち込むという経過について、洋介はもちろん当然と考えていた。だが、諸先輩らから、「三ツ星、これからどうするの?」と訊かれることが最近多くなっていた。それぞれの立場で、先行きを心配していてくれたのだろう。

佐伯はこの一月に、北海道で独り暮らしの母親の介護のために、札幌の実家に帰っていた。〈認知症で目が離せなくなり、面倒をみる者がいないので、当分戻って来られない〉とのことだった。彼自身の健康状態も気がかりだし、家庭の事情があり状況も変化してきたいま、一日も早く北海道に帰りたいのが佐伯の本音だと思えた。

八年近く経つと、原告らをとりまく条件も様々に変化している。やむなく洋介は、一人争議の形で動く日々だったのだが、もう潮時かなという方向に傾いていく思考に抗っていた。組合の会議を開いても、皆、疲労の色が濃かった。「早く終えたい」と、争議生活からの解放を望んではいても、「最高裁判決がある」という局面のもとで、組合の会議でも表向きには、当方から解決を申し出るという選択が主な議題になることはなかった。労組と三ツ星側との団交はずっと開かれていたが、会社側の代理人弁護士が、口では「早期に解決したい」と表明しても、最高裁で勝利の結果を得るべく、彼らは自信満々に静観しているのだと推し量れた。

それは最高裁での逆転勝利に望みを託す自分たちにとっても同じであったし、やむを得ないことと認識はしていても、洋介は疲れていた。争議の原告は皆同じ思いなのに、この膠着《こうちゃく》状態が続けば、何年かかるか分からない。しかし一方でＪＭＩＵ本部は、全体の推移を睨んで、解決に向けた方途を真剣に探っていたのだと思う。

こうした状況下で中央本部の委員長の生島忠久が昨年末に、

〈全面解決に向けて、何とか扉を押し開けるよう努力するよ〉

と言明してくれたこともあり、三ツ星支部として二月初めに、団体交渉による全面解決の申し入れをおこなったのだった。

これに対して会社は、「貴組合が望まれるのであれば、話し合いの場でお考えを拝聴するのはやぶさかではありません」という態度に出てきたのだ。最高裁判決を意図した三ツ星側の基本方針はあるにしても、事態は、双方の和解交渉をすすめるという大きな流れとなって、少しずつ動き始めたのだった。

（五）

この一月に、ＪＭＩＵ労組は、通信産業労働組合（ＴＣＷＵ）と組織統一をおこない、新たな産別組織ＪＭＩＴＵ（日本金属製造情報通信労働組合）として出発していた。

七月に入って洋介らは、本部労組の定期大会を控えて、職場への組合員加入の働きかけや新たな要請行動の取り組みなどで忙しかった。そんなある日、洋介は突然、最高裁より上告棄却の通知があったことを知らされた。最高裁というのはそういうものらしいが、法廷が開かれることもなく、いきなり弁護士事務所に文書が送られてきたという。

アパートに帰ってから洋介は、メールに添付されていた文書をしげしげと見つめていた。文書の頭には「決定」と記されていて、内容がごく事務的に列記されていたのだ。

〃

主　文

本件上告を棄却する。

本件を上告審として受理しない。

上告費用及び申立費用は上告人兼申立人らの負担とする。

理　由

1　上告について

民事事件について最高裁判所に上告をすることが許されるのは民訴法３１２条1項又は2項所定の場合に限られるところ、本件上告の理由は、違憲をいうが、その実質は事実誤認又は単なる法令違反を主張するものであって、明らかに上記各項に規定する事由に該当しない。

2　上告受理申立てについて

本件申立ての理由によれば、本件は、民訴法３１８条1項により受理すべきものとは認められない。

よって、裁判官全員一致の意見で、主文のとおり決定する。

平成28年7月28日

最高裁判所第一小法廷

裁判長裁判官　〇〇〇〇

裁判官　〇〇〇〇

裁判官　〇〇〇〇

裁判官　○○○○

〃

これだけ読んでいると何のことか分からなかった。電話をして訊いてみると、本文書は最高裁お決まりの三行決定と言われるものらしかった。

最高裁判所は終審裁判所としての地位を有しているので、下級審で敗訴した当事者が徹底して争う場合に、最後はこのように上告という形でなされることが多い。しかし、最高裁の裁判官の定員は十五人と少ないため、上告に必要な要件は本文に記されているように著しく限定されていると述べて、一部の例外を除きほとんどを、「上告理由に当たらない」とみなして三行決定という略式書面の形で棄却するのだそうだ。

そういうものかと納得せざるを得なかったが、あまりにも呆気なかった。八年間、それこそ自分の人生の全てを賭してたたかってきた結果がこんな紙切れ一枚で簡単に処理されるという事実には言葉もなかった。これでは、四人の裁判官がまともに協議したのかどうかさえ疑わしかった。

けれども洋介たちは、この最高裁決定に意気消沈している時間はなかった。

裁判の結果はともかくとして現段階では、これまで争ってきた、ＪＭＩＴＵ三ツ星自動車支部と会社の間で、どう解決を図るかが主要な問題として両者に提起されるに至っているのだった。

組合側はこれまでの主張通り会社に対し、

①争議全体を一括全面解決すること。

②和解成立まで、寮居住者への仮執行をしないこと。

③寮居住者への損害賠償請求の放棄。
④組合に対し、解決金を支払う。
という主には四つの項目に対する回答を求めていた。

「家明け渡し」訴訟の千三百万円という請求の放棄はもちろんとして、組合に対する解決金の支払いで誠意を見せるよう、会社に迫るというのが当方の立場であった。が、組合側にとっては、最高裁での棄却、すなわち敗訴という結果が重くのしかかっていた。

洋介らは八月に入ってから、会社に全面解決を促す、工場門前での宣伝行動の強化や三ツ星の社長・会長宅周辺でのビラ宣伝に取り組み力を集中していた。困難は運動の力で乗り切るしかないのだった。

先だって三ツ星本社前の抗議行動があった。その後、要請団が訪れた際、応対した部長に向かって、星河は、

〈裁判に勝ったからと言って、あなた方が正しかったということにはならないんです。社会の一員として企業活動をおこなうあなた方には、原告らの人生を八年にわたって翻弄《ほんろう》してきた責任がありますいいですか、あの二〇〇八年末の解雇がなければ、この事件は起こりえなかったんですよ〉

と、激しく詰め寄った。いつも温和な星河には珍しいことだった。内心は分からなかったが、神妙な面持ちで聞き入っていた部長に、自分らの思いは伝わっただろう。

佐伯は、母親の状態が更に悪化し、ベッドから落下するという事故などもあり、北海道からまだ戻ってはいなかった。それは大きな痛手であったが、労組本部やK県の役員に支援者らの協力を得

て、社長・会長宅周辺でも、「三ツ星の争議を、直ちに解決してください」とチラシを配布して呼びかけるなど、社会的に包囲する行動に取り組んでいた。

そんなこんなで慌ただしい日を過ごしていた洋介は、猛暑を引きずる九月初めの土曜日に、衆議院の議員会館で開かれた集会に参加した後、時間があったので最高裁判所まで足を延ばしていた。青山通りを経て三宅坂まで歩いて、洋介は、最高裁の正門前に立っていた。何度も訪れた場所であったが、棄却されてからは初めてだった。

いつものことだが、外壁が白い石で覆われ、ブロックが組み合わされたような建物は近寄り難かった。思い起こせば、ここに初めて立ったのは二〇〇九年末に、パナソニックプラズマディスプレイ社の事件で、企業の違法を断罪し労働者側を勝たせた、大阪高裁の判決を覆したときだった。あのとき最高裁の敷いた企業擁護のレールが、その後の自分たちの運命を決めたと言えなくもない。

やはり洋介は、裁判所が許せなかった。財界や政権にのみ目を向けて、格差と貧困の拡大を容認し結果的に促進させてきた罪は重いと思えたのだ。法の精神に則って公正な判断をすべき裁判所がこれでは、社会の秩序など保たれるはずがない。このような道理に反する状況を放置していれば、日本は崩壊の一途をたどっていくしかない。

けれども洋介は悲観はしていなかった。自分たちが八年の間たたかい、社会全体にアピールし続けてきた意味は大きかったし、財界や政府も、非正規雇用労働者をいい加減に扱うことの怖さを思い知っただろう。あの昨年八月三十日に、国会前で大きなうねりをつくった世論と良識は、必ずこうした不条理をなくし、若者たちを先頭に新しい時代を築いていくと思えたのだ。それに八年間を振り返ると何より、争議生活によって自分は変わった。これは洋介の人生の大きな収穫に違いなかった。

正門前に立って、建物にじっと目を向ける洋介を不審に思ったのか、警備員が近寄ってきて、何か用があるのかと訊ねてきた。

「いやぁ、ぼくは先日、この最高裁に不当な決定を出されましてね。今日は、抗議でやって来たんです。ひとりで静かな抗議です」

にっこり笑って返すと、警備員は、

「あ、そうですか、どうも」

と、丁重にお辞儀し、門の方に戻っていった。洋介がその後ろ姿に目をやっていると、鞄の中の携帯電話の着信音が響いた。

娘の綾香からだった。

「あ、お父さんごめんね。裁判負けて落ち込んでいない？」

結果をメールで知らせた際には、〈残念だったね〉のひと言しかなかったのに、今頃なんだと思えた。

洋介は手短に、いま「全面解決」に向けてがっぷり四つに組んでいることを知らせた。困難は多いと思えるが洋介は、生島ら本部と関係者の努力に最後の望みを託していたのだ。

「そう、まだガンバッテるのね。ところでね、お母さんのお墓、見てきたよ。お盆前にできてたんだけど、あたし行けなくて、今日お参りしてきたの」

「そうか、やっとできたか」

「うん、立派なお墓よ。お祖父《じい》ちゃんがね、お参りに来てやってくれ、ありがとうってお父さんに伝えてくれって。お父さんが渡したこころざしっていうの？　あれがずいぶん役立ったんだってね。じゃ、写真も送るね」

綾香はそれだけ言うと、電話を切った。

しばらくして、メールの着信だった。

洋介は急いで添付のファイルを開いた。

二枚の写真があった。それは、比較的ゆったりした墓地の一角に建つ、墓を写したものだった。豪華とは言えないが、並んだ他の墓石に比べても、見劣りするものではなかった。

これまで気になってはいても、夏美の遺骨がどうなっているのか洋介は知らなかった。しかしいま、こうして安住の地を得ると、夏美も静かに眠れるだろうと、ホッとするものがあった。

多くの人から寄せられた志が、こうして夏美のために結びついたことが嬉しかった。

――夏美、良かったね。俺は、とことん、みんなに助けられてきた。争議が解決したら、今度は返していく番だよな……。

洋介はひとりつぶやきながら、綾香に返信するために、写真のファイルを閉じた。

（初出『民主文学』二〇一七年四月号、五月号）

あとがき

小説のモデルとなった、いすゞ自動車の「非正規切り」争議は、ＪＭＩＴＵ（日本金属製造情報通信労働組合）と同社との協議により、二〇一六年十一月二十日に全面解決をみました。

今回、『時の行路』完結編という形で本書の上梓に至ったわけですが、作品に向かう動機となった二〇〇八年末に、リーマン・ショックの嵐が吹き荒れるもとで労働組合を結成し立ち上がった、皆さんの姿を目にして胸を熱くしたことが懐かしく思い出されます。

私の取材活動がスタートしたのは翌年五月からですので、ほぼ同時進行で書くことができた、作家冥利に尽きる八年間でした。当たり前のことですが、小説はドキュメントとは異なり、虚の世界の構築がなければ成り立ちません。実際に繰り広げられる事件ともかかわって、何をどう描くか、事実と創造の狭間で常に緊張を強いられていたこの間だったように思います。

たたかう組合員の日常を追いながら私は、生活の維持という重い課題を背負って踏ん張る、「退路のない」過酷さを思い知らされました。裁判の結果は不当なものでしたが、真面目に働き懸命に生きる人間を否定する支配者の論理に抗し、自分たちの正しさを掲げて屈しなかった人々の営為は、まさに弱者にとっての「希望の灯」だったと言えるでしょう。

作中で主人公の洋介は最高裁の門前に佇み、二〇一五年夏、「戦争法」に反対し新たな市民社会をつくる流れを生みだした世論と良識は、「必ずこうした不条理をなくし、若者たちを先頭に新しい時代を築いていく」と、この国の進み行く先を展望します。

たたかう人間の内面に分け入り、家族・家庭の問題、妻との心の通い合いなど、現代の争議生活者をトータルに捉えたいというところに、完結編における私のモチーフがありました。その追求は容易ではなかったのですが、モデルの五戸豊弘さんの存在に支えられ、時に萎えそうになる身に鞭打ち挑んでいったのです。

長年の仕事のひと区切りがつき少しほっとしていますが、作品については、お読みくださった方々の評価を待つしかありません。

執筆に際して多大のご協力をいただいた五戸さんをはじめ、前JMITU委員長の生熊茂実氏ならびに労組の関係各位、いすゞ争議弁護団の諸氏、そして発表誌『民主文学』の宮本阿伎編集長、八戸弁をご教示くださった江刺家均氏、刊行にあたってお世話になりました新日本出版社の久野通広氏にお礼を申し上げます。

二〇一七年八月

田島　一

田島　一（たじま　はじめ）

1945年、愛媛県生まれ
日本民主主義文学会会員、日本文芸家協会会員
著書
『戦士たち』『遠景の森』（第26回多喜二・百合子賞受賞）
『川の声』『青の画面』『湾の篝火（上・下）』『ハンドシェイク回路』
『時の行路』『続・時の行路』
『巨象IBMに挑む――ロックアウト解雇を跳ね返す』
（いずれも新日本出版社）

争議生活者《そうぎせいかつしや》――『時《とき》の行路《こうろ》』完結編《かんけつへん》

2017年 9月10日　初　版

著　者　田島　一
発行者　田所　稔

郵便番号　151-0051　東京都渋谷区千駄ヶ谷 4-25-6
発行所　株式会社　新日本出版社
電話　03（3423）8402（営業）
03（3423）9323（編集）
info@shinnihon-net.co.jp
www.shinnihon-net.co.jp
振替番号　00130-0-13681

印刷　亨有堂印刷所　　製本　光陽メディア

落丁・乱丁がありましたらおとりかえいたします。

ISBN978-4-406-06168-1 C0093　Printed in Japan

田島 一の好評既刊書

いすゞ自動車の労働争議がモデル。

時の行路

◉定価：本体2200円＋税／四六判上製

続・時の行路

◉定価：本体2000円＋税／四六判上製

大手トラック会社三ツ星自動車の「非正規切り」に対して、組合を結成して立ち上がる非正規雇用労働者と支援する人々の連帯を描く。